2023
.
2

Chinese Poetry

Chinese　　　　　　　　汉诗　　　　　　　　Poetry

从遥远的事物里醒来

主编 张执浩

长江出版传媒　　长江文艺出版社

2023

2

Chinese Poetry

目　　　　　　　　　　　　　　　　　　　　　　　　　　**录**

根号二书籍设计工作室
QQ:140531080B

法律顾问
金　岩（湖北今天律师事务所）

开卷诗人

Open Page

曲青春　作品

秋　子　作品

曲青春 作品
QU QINGCHUN

推荐语

曲青春的诗歌有着非常硬朗坚实的语言质地，脉理清晰，气韵充沛，这缘于他丰富的情感生活经验和阅读经验。在他的写作中，最吸引读者的可能是类似于卡洛斯·威廉斯的语式和结构，其断句与换气的效果令人印象深刻。作为一位建筑师，曲青春将诗的形式感与诗的内容进行了近乎完全的结合，毫不造作，同时又能不断带来感官刺激。对于诗坛来说，他也许算是新人，但其成熟的手法已经让我们感觉到了汉语诗的美妙。

——张执浩

曲青春的诗歌中有着两种完全相反的走向，一种扯着他昧于尘寰人间，那是他作为世中一员的必修课；另一种引着他觉于文本知性，那是他作为读者一员的选修课。他是这两种走向之间的摆渡者，左右互搏，又左右互助，他在作为诗人的自己身上调和着肉身经历和形上经验，以此形成了某种文本嵌入式书写。卡佛、雷诺阿、莱昂纳德·科恩、博尔赫斯、米兰·昆德拉、尼采、荷马，大师们的词句被他用来入诗，不，那不是引用，而是一个写作者的公示和坦荡。

——林东林

曲青春，这名字和他的诗或多或少有些暗示性的呼应——"高大的杨树拼命摇晃着夜晚，男孩一口气跑过大街"，这是青春，也是关于青春的记忆，或者说，这是关于青春的祭奠和哀伤。曲青春的诗中，有种让人迷恋的气息，或许是他对宿命的反抗，又或许是他另辟蹊径的勇敢，那些在瓶中燃烧的玫瑰，那些关于死亡的想象，包括诗人的决绝，其实都有迹可循。

我偏爱曲青春的长句。似乎在呼吸缓慢的时候，他更能够肆意挥洒面对残酷现实的洞察，人生就是搭建一座房子，最后却让它归于草木——"黝黑，沉默，像上帝的美德"。

——小引

曲青春应该是位资深的欧美现代小说爱好者，这种阅读所培养的趣味同时也体现在他的诗歌写作中。虽说诗歌的外在呈现形式就是分行，但是这并不意味着散文或者小说的文字里没有隐含的诗意，至于如何把这种诗意以分行的形式固定下来，并且赋予它个人特征的节奏，那就是看诗人自身的综合因素了。从他现在的文字来看，他很及时地汲取了现代诗歌的因素，也不难看出在慢慢形成自我风格的努力。

——艾先

种地吧

躬身，垂首
面向大地，这是我们
在尘世
能够采取的
唯一
正确的姿势。即使
你拥有的
仅仅
是一把
干瘪的、无法发芽
的种子。种地吧
即使你拥有的
仅仅
是一块盐碱地，也要为它
引来泉水

无尽的盛宴

你正在滚水里
涮的
一片牛肉里
必定
有一头牛，必定
有牛眼里
的草原
和湖水。她的哭泣里
有古往今来
所有
负心的男子。无尽
的盛宴
生蚝的鲜嫩，好像
她的胸脯里
盛满

全世界的海水。毫无疑问
《论道德小说》
是一本不错的书。但他
已经不再关心
小说的情节了。但他依然会
忍不住
写下一首诗，那是
他在舔舐
她
嘴唇上的
一粒盐

背井离乡之恸

父亲去世后，我将他
葬在
面朝黄河的山丘上
我不知道，他是否想
葬在山东招远的祖坟旁。生前
他没有和我讨论过这个问题
我这样做，也只是为了
每年不必跑1000多公里
回去上坟。临终前两年
父亲还嘱咐我，将祖屋
修缮一遍。那时
我们还想着
总会有时间让我们
回去居住一段日子。这么说来
我的做法只是
为了不让自己
为不能每年回老家
而愧疚。已经30年
没有回祖屋住过了，离开时
我从未想过
不再回来。它是本

空空的旧相册，曾保留着
我们一家四口
十几年的生活。昨天晚饭时
母亲提起它
说上梁时，夏天
突降暴雨，二叔、三叔、亲戚邻居
都跑回家抱来炕席
遮住没有屋顶的房屋，泥墙
才没被淋塌。它还站在那里
门口朝着
南方的我们。父亲
在山冈上
看着大河
日夜东流，归入
海口

我只想和你好好说话

"遇到那样的情况你怎么办呢？"
"你怎么不说话？"
沉默，是他
在流水里
放下的
一块挡水石，测量
水的流速和方向。过去的日子
一去
不复返，他又能
说些什么呢。曾经
他一心一意
生长青苔，为了
她的手指
抚过他，指缝里
碧绿心意
润湿的滑。群山
苍翠。"而今

我是你
身体里
的一道分水岭。"洪水
遥远得
好像它们已经找到了
入海口。"请你
安静些，好吗？"
"请你别说了可以吗？"
"当我们谈论爱情时，我们
在谈论什么？"
他拿起卡佛的小说集。
"饱满"。是的，这个词
再合适不过了。她吐出一粒苹果核
"有一种艰涩"。每一粒果仁
都洁白得
好像云朵，它们在天空
多么慌张啊，拼命
翻卷着
抓不住什么

阁楼上的七个小矮人

他知道
她是雪做的。每次
当他对着那面魔镜
问出
那句话，他眼里
的那张脸
就开始融化。她永远
活在
冬天。春天
是灾难的开始。"我，
是最美的吗？"
春天的花朵都这么问。没有回答，
亚当摘下的那只苹果，它的籽

因为沉默
而有毒。"真善美",
不对,他否决了
他的话。"美,
只有美。""美
即正义。"据说
她需要七个小矮人
守护她:
幼稚的童话——
作为一个律师
"一个真正好的童话里,"他想,
"王子必须在小矮人回家之前
赶到阁楼。"他的时间
真的不多了

在小山与小山之间

风停了,我们
终于安静下来。沉默
还在不停
加重我们。两座小山
相对而坐,山鸡、野兔、獾……
在小山
和小山之间
出没。再也没有什么
可以失去的了。因为你眼神
的清澈,马匹
在古驿道上
停下来
饮水。你轻轻
落下手臂
就是秋天,万叶
飘落——
那些罪
会变成什么?云

在天空飘荡，找不到
自己的身体

像这样的小事

其实，第一眼里
我已经求出了
你眉毛弯曲
的数学公式，它在第五维里
的曲率。其实
第一次握手时，我已经
从你指尖里的力度
算出了
那些化学键
解体时
释放出的能量。我已经算出了
我们建立起的关系里，你我
必须消耗的
熵。像这样的小事——
我和你，和
你的妻子
一起喝酒，你赎罪的身体
向她倾侧，她躲了一下
又扶住你，迟疑
哪怕仅有0.1秒，也是
一道
无法弥补的裂缝。唯有细节
不能直视。莱昂纳德·科恩说：
"万物皆有裂痕，
那是光
进来的地方。"他
用光
探测我们的缝隙。酒酣耳热
你说
我是你最好的哥们。我知道

我们之间那道
一张毛币
一样窄的痕迹。他严厉的话语：光
让你分裂为
所有的人，在你我之间
制造出
细得不能再细
但你永远
无法跨越的
深渊。我知道
我说这句话的时候，这个世界上
必定，
有一个人
自杀，
死去——
像这样的小事

重塑爱情

想起，中学时他迷恋的女生
的一个笑容。她转头
离去时，身体里
藏着
一整个宇宙的秘密。"过去的事
无法挽回。"她抽泣着，但是
怨恨已经消失。尼采断言
"上帝已死。"
其实，尼采说的是
她的神秘感
正快速
被光消耗。那年
他和她一起看天狼星：
"此刻，它射入我们瞳孔里的光线
已经在宇宙里
旅行了8.6亿年了。"而她

那一刻
贴在他唇边说的话，天狼星一样
遥远，超尘
脱俗。当爱情
降临时，究竟
是什么在降临？那天晚上
她
的天狼星的光芒
将他带去了
完全另一个地方

我想生下妈妈

自从
踏空一个台阶，导致
踝骨骨折，母亲
愈加小心翼翼了。但我
永远无法说出
一句安慰的话，我只是
淡淡地说：
"没关系，以后多注意，走一步
一定要认真看好
下一步。老了，都这样，
没什大不了的。"
"没什么大不了的。"
当父亲在造纸厂做车间主任
膝盖
被忽然发动的高速轴承上的皮带
打碎，所有人都认为
他一生都将瘫在床上时，母亲
淡淡地说。似乎害怕
自己对生活想象力的天赋
被可怕的经历限制住，母亲总是说：
"要不是你姥爷死得早，我读书
一定是最好的。"

"我现在啥字都认识。一个字、一个字，
碰到不认识的，我见人就问。"
"在生产队的时候，我是最招小孩的，
每次歇工，一堆小孩围过来
听我讲故事。"米兰·昆德拉
在《小说的艺术》中说：
"存在并不是已经发生的，而是
人的可能的场所。"母亲
正哄着小孙子睡觉，唱着
"我们是新时代的青年，未来属于我们。"
她76岁了，她还有
无限可能，好像
她是我刚刚生下的
小女儿

寂静的城市

当夜晚一遍遍
重新降临的时候，繁华的大都市里
的那些人
会变成幽灵吗？在我们
深深沉睡的时候，另一个自己
会起身
去做一些
我们想不到的事情吗？我们
身体里的
鬼
和神。在一个
崭新的黎明
到来的时候，在我们终于又可以
重新做人的前夜里
寂静的城市里
究竟发生了什么？

请以你的名字呼唤我

从遥远的事物里
醒来，他发现
他的手
正在抚摸
一棵白杨树
眼睛的疤痕，仿佛他的手
是一只
趁他在无边思绪里漫游时
逃出的小兽。深夏
高高的白杨树
碧绿的树冠
好像他巨大的无意识
哗哗响着。大雨
就要来了，请
以你的名字叫我
白杨，请以你的名字叫我
闪电、雷声，以及
暴力的雨滴

然后，门被关上了

博尔赫斯的时间
是一个交叉小径的花园，每一刻
时间
都在分岔。这一点
我完全不赞同，我
用语速
控制
时间的流速。每一分
每一秒
来到我面前的时间，都是
一扇
等着我

用一句话
打开的门。"是的，
我爱你，爱你此地
夕光洒在你脸上
的此刻"。当你
看着她微微转动的面容说。
"频频转头张望"——
荷马这样来描述
离开霍克托尔的
安德洛玛克。
"我死的时候"，当你说。
我知道
你指的是什么：并没有一个
最后一刻，而是
每一刻
都是最后一刻。他
在沉默。你听着
你说出的话
的回音——
门
在身后
被关上了

个人印象研究

每个
来到我面前的人，每次
相遇，都是
我们在无穷劫里
走失后
的一次重逢。当你
叫出
我已经忘记了很久的
我的名字，我说出
你的名字

作为回声。让我
仔细看看你——
从同一个模子里
打出的我们
究竟有何不同。额头、鼻梁、颧骨，
你的脖颈——
你转动着脖颈
用你面庞的侧面
迎着我：
你用一只耳朵
听我，另一只耳朵
在听什么？但我
完全认同
你对这个世界的姿态。你
千变万化着
来到我面前，我知道
那些被称之为个性的特点
只是他的缺陷。一起身
彼此
我们忘记了
自己
和对方的姓名

我不能悲伤地坐在你身旁

好像寂静是有深度的
好像悲伤是有深度的
好像我们不说话
所有的话语就会洪水一样
淹没我们。如果
我能伸出双臂
揽住你的腰，我们之间
相交的
稳定的三角形
或许真能如船帆那样

抵抗
那些危险。但我不想这么做
我不能悲伤地
和你坐在一起。浓郁的白杨林
远远地
站着，静默地
看着我们。天际的卷积云
正在形成。谶言
般的雨滴
正在赶来。那些积雨云
翻卷着
神秘。一束光
正穿透云层，仿佛
某种启示降临。让我们等待
等待暴雨来临

死者的哭声

那些死者都去了哪里？

有多少人会安详地死去？

母亲说，算命先生说她老运好，
"死的时候一点不遭罪，头一歪
就过去了。"

但父亲不是，他去世前一个月
一直插着喉管。在推进火化炉的时候
我帮他合上了眼。

我不知道他的眼为什么在推进太平间
的冷藏柜后，又重新睁开。

好像他还有话要说。

他想说什么呢？

深秋的风
穿过深深的榉木林。

如果一个人不能安详地死去，他一定
会回到
我们中间

童年的欢乐研究

夜晚，冬天
躺在炕上，听远处的巨人
在山东半岛上空
呼呼吹气，他的高音和低音之间
有一千种声音，一千种声音里
有一千种怪兽。那时天地间
充满了神灵。过年
更是群仙毕至的日子：灶王爷、财神、寿星、麻姑、二郎神……
空气因他们的拥挤，而
赶年集一样热闹。那是
一个孩子感知世界的方式：他一人
穿越寂静的山林——
他在神
屏住的呼吸里。他用身体
感受
一枝杏花
在微雨中的战栗，一如
他半岁的儿子
第一次吃苹果泥时，浑身
激灵打了个颤抖，仿佛
那是来自
神的话语

秋子 作品
QIU ZI

推荐语

很多年前，我读过秋子的一首诗《请走平安大道》，那首诗中婉转、深沉的情感，无以言表。我喜欢她诗中关于亲情，关于爱与思念的表达。"你有一扇铁校门我便喜欢"——这隐约的不安，背后却隐藏着巨大的悲伤。我以为，女诗人的尖锐并非词语的锋利，也不是神与菩萨的赐予，而是来自她内心深处本来的善良与宽容。或许也有例外。诗在语言的加持下变成了某种玄想，用天堂置换人间，还是用欢乐替代痛苦，"一边衰朽，一边重生"这是每一个诗人必须面对的话题。我相信秋子一定同意我的判断，世界是你们的，也是我们的，而归根结底是他们的——河流带走了悲伤，河流带走了两岸。

——小引

作为八〇后诗人中的一个隐秘写作者，秋子一直在通过诗歌默默收纳着她那些难以诉诸诗歌之外的内容，我们没理由怀疑她这份刻骨之诚，但是具形为眼前这样的诗歌面貌，或许也不乏近年来疼痛书写和感动书写再度翻红于世的诱因。而至于她诗歌中一以贯之的浪漫之风和文艺之气，那种自二十世纪八九十年代以来就开始裹卷大部分写作者的语言和它们的归旨，那责任也并不应该独担于她，而是要等待一代代读者去清洗，尤其是要等待一代代作者去清洗。

——林东林

从这组作品来看，秋子的写作大部分停留在多数人对诗歌的认知上，主要雕琢和剖析的是诗歌的抒情或叙述功能。对情感的层层推进和叙述方式的传统技巧，在完成度上已经可以算是成熟的，这样的写作既是易读的，也是讨喜的，很容易达到作者和读者的双向满足。但是这种写作同时也是很容易重复的，希望能在未来的写作中，看到作者有别的向度的努力和尝试。

——艾先

秋子诗歌中的痛感是通过对外在事物的观望来实现的，由此与内心世界映照，形成了既紧张又和缓的对峙状态。她诗歌里呈现出来的美与哀伤、喜悦与失落如光斑交替、闪烁，给人以随风摇曳却不愿随风而逝的情状。作为一位年轻的女性诗人，秋子长于能够直视内心生活的真相，也短于不敢将这种生活和盘托出。所以，我们在阅读她的作品时，总有某种意犹未尽（而非纸短情长）之感，也许这正是她未来的成长空间之所在。

——张执浩

山中雨

山中雨不下在别处
它只为山中的马春花、杜鹃花洗脸
只为松树、紫藤有山泉可听
它只为蝴蝶、布谷装扮山涧

那是听惯了晨钟暮鼓的雨
是熟读经书的雨
不愿去别处的雨
它知道，如何让山林回到
一首诗里，知道如何
停在一朵莲上

随　喜

孩子，你长青春痘我便喜欢
青春痘。你住在16楼我便喜欢
16这个数字。你有一扇铁校门我便喜欢
世上所有的铁。你有些傻气，
我便喜欢傻气。你爱耍一点小聪明
我便喜欢那一点聪明。你走路和说话都很奇怪
我便喜欢奇怪。你有自闭症，我便喜欢
自闭症

反　哺

我儿子一直指引着我的生活
他要求我有了怨气，马上发泄出来
实在无处发泄，就哭一场
眼泪像河流一样，带走了悲伤
他要求我当天就忘掉不愉快的事
他要求我向他学习，做一个傻傻的透明人
他要求我必要时换上，一张厚脸皮

一副硬心肠，最好还能将身体换成，铜墙铁壁
他要求我不以恶意揣测他人，因为恶意会繁殖
更多的恶意。他要求我将那些勒住我的
绳索，一一看清、解开、抛下

因为他，我曾给无常，写下许多信
我欠下的债，做出的承诺，力求当下兑现
因为他，我学习斩断、抽离
因为他，我渴望活着的每一天
都像明天可以死去一样，无怨无悔

人世的普通的幸福，已离我而去
我保持我的水域，洁净、通畅
像努力维持一种，命悬一线的生机
我是母亲，我要求自己将这具肉身
一直使用下去，使用下去
以护佑他，有生之年，享尽
人世的好

去 病

你感觉自己病了吗
不要怕，将你的病装在包袱里
带着它上路
一阵风从城市的南边吹来
病就被吹走了一丝，去了北边
坐下来，细细地吃一勺甜品
苦就被挤出了一点
在一条大河边，看流水的光
看星辰，你的黑暗沉入
永恒的寂静
回到家中，梳理毛发、骨头和血
擦亮厨房的灯盏，冰就会融化一层

你的病喜欢苦涩、黑暗、冰冷……

不要去喂养它，不要用苦涩、黑暗、冰冷
去喂养它，它会越长越大。不要停下来
一直奔跑，一直举着火把和狼烟
呼喊，一直朝河流的方向跑——
在一个平常的时刻，你感觉包袱
咣当一声，空了。你又一次从缝隙里
爬出，又一次安静地，回到人间

去小区楼下接儿子

儿子——
我喊出这两个字时
一个身体与我的身体重合
我长出云朵、棉花
变得厚实、洁白

儿子歪着身子，蹦跳着向我奔来
他在大海中，拍打着浪花
他身后有千军万马
他呼出的气息
带有温度和气味的波浪
地球上的这一小块地方

妈妈——
多好啊，他发出这个声音
的器官，完好无损
他喊我妈妈
我穿过地壳、熔岩
千山万水

爱踏过所有的战场和列车

爱是当对方弱小时，允许他弱小
当对方强大时，允许自己弱小

爱是怜悯彼此的匮乏，怜悯生命进程的独特
以及，一棵树推迟缔结果实
爱是允许对方犯你也会犯的错误
爱是允许占有和被占有
允许示弱、求助、依赖。
爱是不从别处拿来标尺剪裁自己和对方
爱是长出柔软的怀抱和坚硬的翅膀
爱是允许离开，允许不爱
爱是相信爱不会轻易消失，不会轻易被摧毁
相信对方不是魔鬼，自己也不是
爱是酒窖里的私藏一旦酿造好，你永远可以从中
取一杯芳香，独酌
爱是踏过所有的战场和列车，你终将举起一面旗帜
投降或胜利，已不重要了

相 遇

我在一个黄昏偶然路过
绣线菊开在那荒野上

如蓦然回望，日落长河
如时间出于慈悲
留下一片遗迹

我知道，是很久很久前
你从那儿路过，感觉荒野上应该有
一片野花，最好是绣线菊
雨季到来的前一晚，你骑车前来
撒下种子，阖上泥土
你离开前，在荒野上走了
很久很久，你的每一步，都踩在
一小片时间上

约　定

一定要去开阔的地方
去看大大的天、长长的地
一定要去人多的地方
饮食男女　烟火人间
一定要点开一个好笑的笑话
在水中投下一个涟漪
一定要说一句，冒着热气的话
将那根绳子轻轻一拉
一定要打开窗户，闻一闻花香
给肉体施一个魔法
一定要听一听，巴赫、莫扎特……
它们会用天堂
置换人间

能工巧匠

我喜欢现在的生活
早早醒来，钻进沙发，盖上毛毯
拿起书本。不用担心影响他人
温暖的台灯伴随了多年
纸和笔，乐器，在固定的地方
窗外没有路途需要我去奔波
一张张面孔镶嵌在街市的喧嚣里
在逆向的风中。我坐在面向天空的阳台上
鸽子等一些飞鸟和我有类似的灵敏
我们在笑声里收起彼此的羞涩
我在星光下吃晚餐，哦，也许不是
我是在祭奠，那汹涌远去的，作为装饰物
璀璨马车上的鲜花，凋零的声音

最终，我们都将学会将每一块生活的边角
打磨好，以镶嵌进下一段故事中。

乡村首领

管婆婆清早现身时
一群鸡张着嘴，围向她
放鸭子的蔡大爷常背着手在村里走
他走到哪儿，就把嘎嘎声
带到哪儿
王爹爹喜欢扒人家的窗户，他的胖花猫
也喜欢，钻人家的门缝
黄昏时村路上
遇到哑巴小杨
他在溜两条，神秘的大黑狗
村口的王寡妇，带着她的三只白羊去割草
收苞谷，给菜地浇粪
炊烟升起时，她和它们一起
回家

早 安

前一晚你经历了什么
哭泣 噩梦 抑或彻夜不眠？
今早醒来，拉开窗帘
像是光线的每一次抵达都是一次重生
像是绿树的那种绿含有永生的信息
你坐于窗前，翻开书页，感到自己仍是完好的
仍渴望在身体里注入魔法，挥舞起魔杖
这永续的、无穷可能的一天
像是生活从热望中重新升起
白天披着一层新的幕布到来
黑夜将一个个旧的人，清洗
修补，翻新
多么可爱，且忙碌的，日夜轮回啊

眼泪其时

她想起三十多年前
她小的时候，三四岁，七八岁时
似乎就有很多眼泪
真像是水做的，一个感情
过于丰富的孩子
那时父母什么也不懂
她得以将这个秘密，完整地留给
后来的自己
也幸亏父母什么都不懂，不然
他们会多么担心，这样一个孩子
长大成人

荒　漠

皮皮、小仙、蓝胖都离开后
我决定不再养猫
它们已占有了我

在街上遇到的每一只猫咪
我都跟它们打招呼
对它们投以温柔、信任的眼神
对它们点头，说鼓励的话
轻拍它们的脑袋
我不再企图将它们带回家
人类的家也并非安乐窝
当猫咪转身，向我道别
隐入城市。我听懂了它们的叮咛
也看到了，跟在它们身后的
那片荒漠，那暗含着无常的
时间的节拍

他不知道这是为什么

小孩们跟在傻子身后扔石头，偷偷藏起
女疯子的衣服，很快乐；在蜻蜓的尾巴上插麦秸
看它们带着麦秸飞，很快乐；往一盆泥鳅里撒盐
看它们活蹦乱跳的样子，很快乐。
小孩们在跷跷板上爬来爬去，他们不在乎
哪一头轻，哪一头重。大人们看小孩快乐，也觉得快乐
只有他不快乐，很小的时候，他便不为此感到快乐
他不知道自己为什么，不快乐
长大后，他杀一条鱼，那刀痕也会
落在自己心里；他摘下一朵花，会轻轻地呵一口气
他路过一位跛足者，不敢抬头看他
有时，为了生存，他扣动扳机
看见自己的手上，沾了血

大树忙

那些大树，除了喝水吃阳光长高长胖
还忙得很呢

玉兰树忙着伸出一张张舌头
吓跑路过的小孩
重阳木像是在打太极，缓缓抬起手
将尘埃压下去；银杏树忙着擦拭
给一些叶片上色，涂改
确保出产时是标准的"银杏黄"
柚子树忙着做馒头一样的果实
将它们高低搭配好，挂在阳光下面
大青树忙着整理叶脉，让它们排好队
让它们看起来，体体面面的，一个大家族……

大树晴天晾晒，雨天清洗。它们一天天
一年年做同样的事，安安静静，欢欢喜喜的

城墙随想

有一天，我又来到城墙下
坐在我的小板凳上
我将面前的西瓜摊支起，我卖的或许是发卡、茶叶
或别的什么。我不吆喝，只看着来来往往的行人
偶尔，风拨开城墙上方的枝叶，阳光打量着我脚上的那双
旧鞋子。

那时你背着手，无所事事走过。你老了。

上一次见面是三十年前，你一眼认出了我，一个全身流露着
自我生活痕迹，宛如一尊雕像的——老太太
你身上的一切已让我无法清晰辨认，我嗅了嗅过去年月的气息
时间在你身后如山呼海啸，你无所察觉
我们像老友那样再见，我回到城墙的轮廓中。唯独你远去的步伐和身姿
像是要努力回到过去的样子
我知道，我知道我老去时，会是城墙的一部分

我的城市，飞来飞去的城市

那家常有棕熊光顾的咖啡馆，空气饱满如橡树果实
带包浆的椅子下露出长长的尾巴
那座猫头鹰藏身的图书馆书架上的穹顶
是世界上最高的地方，猫头鹰站在书页里，神采奕奕
那条兔子出没的林荫道上长着白草，兔子会变魔术
变出雾气、露珠，变出一个大大的洞穴
那些鸽子喜欢的屋顶，有的和月亮亲，鸽子让它们升上山丘
有的和太阳亲，鸽子将它们涂成森林，驻扎在人间的屋顶
鸽子给它们发放，小小的窗户
那座狸猫守候的垃圾场，在夜深人静后，会有小动物们聚拢
重温人间的盛宴。它们有大大的眼睛和心形的额头
那条天使熟悉的街道，道路宽阔，车行缓慢
那些到处飞着的小精灵，不知疲倦地清点着
从云端垂下的梦，飘荡在高楼上的梦，并将那些被踩在脚下的
呻吟疼痛的梦———解救。

他对自己的厌倦是深刻的

他从雾中醒来，又回到雾里
他拨动水的动作，一直持续到
上岸很久后
他无丝可吐，依然在结网
他喜欢燃烧
火光荡开了周围的寂静和黑暗
灼热了那双因恐惧而冰冷的手

他的晴朗带有迷雾和水汽
他的热情是往一只空炉子里加火
他的光明是黑暗比光明需要更多光明

只要还能写诗

只要还能写诗，山川、河流
白云、飞鸟，便仍是我的亲人

只要还能写诗，我便仍在大地上
爬行，向着更多的桥梁、隧道
向着更宽广的大地

只要还能写诗，我便葆有我的血液，心脏跳动的速度
为那些低处的呻吟，那些过于沉默的生与死

只要还能写诗，我便能踏过繁花、艳阳，蜂飞蝶舞
摘下一个完整的春天

只要还能写诗，我的肉身便在一边衰朽，一边重生
我生长的速度便高于死亡的速度

只要还能写诗，这世界便仍有我的一隅，我的泪水便是
为一首诗而流下的，幸福的泪水

那样活着也是可以的

多年后
金胖妞入土为安
李小坏的儿女生了儿女
王捣蛋戒了酒，改跳广场舞
张家小妹终于适应了养老院的生活

唯有你，我的金姨，金家大妹子
你不在，归处等待主人，而你不在
你过早地将自己变成了，一座坟墓。
金姨，一个孩子做了错事，其实是不需要
以死谢罪的，一个人一生中有过的那些——
贪婪　谎言　虚伪　偏执……
都会被长久地活着，给化掉——
被藏进时间的缝隙——而山河依旧
大地宽广。而活着是，从一片废墟
到另一片废墟，是关上生死簿
又打开

独　白

所有的筵席都会散场
所有的霓虹灯都会熄灭
所有的街道都会沉寂
所有的热闹都会留下灰烬
所有的浮华都会化为泡沫

只有那盏你为自己点亮的心灯，一直亮着
只有你的左手永远握着你的右手
只有被你好好照顾的身体，在沉睡一晚后
重新为你劳作；只有那扇通往知识和智慧的大门
始终为你洞开

你钻到孤独的骨缝里，贪婪地吸吮
它的营养；你擦拭干净，点亮你人生的
野心和梦想。你玩最好玩的游戏，你亲自上战场
你接受最强的光和最锋利的切割

扑 火

卖烤红薯的女人
总在街道渐空时，熄灭炉子回家
那个黄昏，她接到电话后，匆忙跨上车
那炉子的铁皮窗户忘了关上
里面的火苗借助风势，烧得正旺

她将车轮踩得飞快
将安静，温暖的火焰，带到
亮着霓虹灯的，大街小巷
她背着燃烧的炉子
去扑生活的火

野鸽子飞越群山

是打开门，天光一闪
凤凰花漫山遍野

少年走在街巷
钟楼上的指针，得到启示

广场上，人们跳着旋转舞
裙边飞出神秘咒语

野鸽子啊，你不是一朵花
一阵风、雨水

你是野鸽子，群山里长出的野鸽子

那一天我们过完了整个四月

从此以后我会喜欢上每一个四月
我会站在三月的窗口
等待四月到来

我会挽起柳枝的臂膀
站在一条小河边
风吹过来
肉体的尘屑散落在草地上

蝴蝶啊　天光　青春男女
牲畜气味和野玫瑰

四月早已过去
四月仍在生长

归　来

有一天，我将全部的我找回来
他们是我散落在世上的亲人
我一一拥抱、辨认
喜极而泣，抱头痛哭，抑或因恐惧
而不敢相认的时代已过去了。我们安静地
坐着，倾听，那遥远山顶上，逝去的风暴声里
逶迤的余音，我们脚下，交织着夕光的阴影
和命运的图形

那时，我不是白发苍苍
没有等待太久，没有在刻满痛苦经文
的内壁上，抚摸，徘徊太久

乌　鸦

乌鸦呀
为何那样飞
像是被困在迷宫
在寻找出口
像是在挣脱
剪不断理还乱的丝线

那条小路上
黄昏的光线让你产生错觉？
你飞往的那大片玉米地
似要坠落到那深绿里
以沉醉　以哀鸣？

乌鸦呀
你的羽毛可曾散落到白云上
最远的地方是天堂
近处，是大树的穹顶

山顶之歌

当一匹狼或者别的什么动物来到山顶
它俯视，月光统领下的世界
似乎永远不会开始，也不会结束
动物的头颅因被触动而仰起
它的嚎叫声穿透夜的棱角
群山和松柏——
群山和松柏抖落掉枝叶上的风声

这时候如果是一个人
他将学会缄默
他在黑暗中摸过一个圣坛
默默移到自己胸前

野油菜花开到天尽头

那些在我生命中出现
尚在人世挣扎，
贫穷、卑微的人啊
那些田野、河水、风的受孕者
那些父亲和母亲
这是三月的春光
大地在酿造巨大的金黄和蜜

此刻，所有的道路都通畅
所有干涸的嘴都合上
所有深埋于泥土的事物，都来到
来到阳光下

父亲和母亲
请跟随野油菜花，一直走到天尽头
我也将，原谅自己

诗选本
Selection

七 胡翠南 胡伟 瑠歌 半九 夕夏
卢辉 师飞 小箭 徐小爱克斯 小古
田华 童七 祝雨 肖英俊 雪鹗 李柳杨
杨角 蓝石 贺中 潘洗尘 高星

七 的诗

诗
选
本
—040

有月亮的夜晚

就不需要星星了
我看见一个东西爬在夜里
而不是仰头对着月亮
他紧贴着大地
并把自己藏在叫声里

坏消息太多了

黄小仙叫去喝酒
乌云很重
我骑着小绿
一路上粉色紫薇
和黄色龙爪槐飞得很乱

雨季的空气有点潮湿

长椅也是湿的
风从很久以前吹来
资福寺红墙的外边
有一张长椅
2023年7月17日
一个女人坐在这张长椅上
她坐了很久

起身离开时
对着空椅说再见

雨　季

入梅了
唐国强闻到了
河水上反的腥臭
他捞起粘网
川条子抖几下尾巴
靠近河岸的水面漂着浮萍
连着绿色的草地
绿色的大树，绿色老屋
刺淮新河水位上涨
有人喊：放水了
拦河大坝闸门全开
浑浊的河水发出巨大的响声
这让站在坝上看水的人
感觉自己很渺小

夜跑时遇到花香

是很幸福的事情
先是合欢
后是萱草
碰见一对男女
一坐一躺在长椅上
他俩应该是夫妻
因为躺着的女人
没有枕男人的腿

上　坟

穿上漂亮的大衣
涂上橘色的口红
虽然我的老家

过年是不允许女儿上坟的
虽然四姨专门打了电话
虽然天很冷
云很低
我穿着黑色的靴子
踩在铺满枯枝败叶的泥土上
爸爸被埋在新坟场
埋他时东边的一片空地
如今已住满了魂

梦

可以醒来了
这是梦里的人说的
我通常会沉默
沉默不代表什么
沉默什么都能代表

薄　荷

随手掐了几支薄荷插在花瓶里
上午插进去下午就蔫了
第二天准备扔掉时
发现它又精神地立着
通常花不败时我是不会扔掉的
一个星期后薄荷竟然长出了白色的根须
只好给它换上水培的玻璃瓶
之后，一整天我手上都是薄荷的香味

错　过

谁打碎了我的花瓶
破碎的瓷片满世界都是
在这个冬日的下午
我躺在云朵上
两只鸽子咕咕地叫着

它们在读你的诗
你看不到
多么美妙的鸽子

半夜坐火车的人

车厢里没几个人
坐在对面的男人
每隔十几分钟
就会拿起手机
拨打一个电话
每次都没有人接听
他盯着手机屏幕的眼睛
偶尔会望向窗外
夜色苍茫
这让我想起看过的电影片段
如果是演电影
一直打电话的人
一定是男主
睡觉　刷视频　喝茶的
都是背景
车厢里空荡荡的

胡翠南 的诗

风吹落叶

我去过很多次仙岳山
有时一个人缓慢走
有时就跟在人群后面
影子簇拥着
比风吹落叶要快
对于一个散漫的人来说
时间没有长短
唯有心情在不经意中向阳或
逐渐浸入黄昏
山中无大事
飞机偶尔从云层中滑向海面
轻快如燕子掠过一大片蓝色画布
在视域远处连接上天空
那不是我的终点
只是思绪突然环抱了那里
让我在此刻
毫无防备地荡漾起来

立 冬

冷风替代了一切旧消息
屋里的人还未醒来
一行鸽子经过屋顶往山上飞去

诗
选
本
—044

不知那是新梦还是旧梦
铁轨侧身朝向另一个端点
两端之间的物事
在日出时开始残缺
在残缺中又弥补着继续向前

想起友人曾送我一只竹节
它的底部暗黑
那里幽深清凉
不规则的一端向天空敞开
我朝里面喊它
只有一连串的发问沉入谷底

大雾过境
再没有人了
冷风中不再传来具体的回音

电　钻

电流依然从楼下向楼上传递
突突的声响
好比雷声
从幼童的记忆飘来

我听清了这些
莽撞让人平添忧惧
间歇性的停顿
反而积蓄了更为破坏的力量

彼此毫不相干的生活
在此刻产生对流
完成愤怒、焦躁
渐渐归于平静

的确隐含着具体而又无奈的悲愤
在细若游丝的余音里

敲击银器的人

我还能做点什么
比如极目远眺
思绪飞过千山也挣脱不了自我的局限
或让狐狸竖起耳朵
下午恒定如一件刚打造好的银器
庸常，总是在内部闪烁其光芒
我走进那里的每一寸骨节
世界尚未安眠
我需要一把小锤
心脏何其弱小
在这世上度过了每一天

忆故人

把时间裁剪下来
将一张张纸片扔在纸篓或脚边
你看着长椅上
有个人起身
一小片阴影紧随其后离开
阳光照着窗户
树影像插进玻璃上的花朵
有人立在窗前为远行人吊唁
只有我知道
时间化成大雪
我低头套上一双旅行鞋
我和你头顶白帽
在人群中
用力挥舞着各自的手绢

湖　心

那是不可接近的中心
我只能在岸边，将自己从未
完成过的心愿摆渡到那里
阳光弯曲于湖面，像一支拐杖

但白鹭并不需要它
只是凭借自己的力一跃而起
再轻轻点缀其上

或许白鹭制造出另一个现实
将湖心放进瞬间
维持着生活应有的秩序
让我心甘情愿接受上苍秘密安排
几个人在湖边垂钓
他们对此颇有心得
志不在鱼，而湖水早已年老

不再寻求外部可能的通道
唯有涟漪一次次扩大
陶醉于思考的边缘
但时间如此有力，令空虚蛰伏其中
它把风景运送至可能的极处
那里深不可测，让人不得不
自限于很多很多年以前

胡伟 的诗

HU WEI

在深圳

与彩虹桥相连的
是芙蓉桥
芙蓉桥上有歇脚的地方

南边是地王大厦
深圳地标
高耸的塔尖刺入黑夜的雾
变幻着色彩

两个月前
陪我来的是一个广西人
上个月是一个湖北人
这次是我自己

像一枚耀一下眼就熄灭的火花
候鸟被提前带走
虚幻而又真实

从芙蓉桥回去
要穿过一大片空白
繁华中心的荒凉
才能回到银山楼

灯火不是灯火
是一扇透明的玻璃
隔绝彼此

银山楼
也不是一座银山的楼

坐渡轮去武昌

渡轮靠岸的时候，我感到
码头浑身一颤。一群漂在水面上的人
打开铁门，纷纷跌进旧的时光

远处是越来越快的高架桥和过江隧道
而渡轮越来越慢，像世纪前的马车。
木制的折叠椅，散发出酒鬼的气味
铁皮的船板像年老的皱纹
她收藏起一个黑亮的脚印，也许
还有某个不愿意离去的灵魂
从汉口，坐船去武昌。

天空阴霾。江水把体温带走。
多年前的那个冬天一定也是这样
他们抚摩栏杆
任大风把内心的忧伤吹散
雪的光芒堆在厚厚的乌云上面，隐忍不发

不是我坐着渡轮过江
而是一条江，正从我的身上流过
到达注定要去的地方

一座城市，被不同的经历，相同的命运
反复说出。
一张发黄的油画，光影重叠，加深。
对岸就是户部巷，亲爱的
世俗的烟火。
他们转身离开生活，进入一本书
使回忆，成为可能。

丰满的歧义

当你又一次念到
神说：要有光
它触动了我

我坐在床上
吃鹅头冻
没穿上衣
我觉得
鹅最好吃的部分
其实是它的舌头

搭配快要变坏的红酒

关　门

你先出去等会吧
我把手机给你拿来了
有人打电话不会找不到你
课四十分钟就结束了
待会就一起上路

我把门关上
看见那人把手机攥在手里
坐在空荡荡的大厅
眼神凄惶

我忽然觉得我一关上门
就再也见不到她了
年迈的祖母
在梦里，我并不知道她身患绝症
我只是觉得莫名其妙的忧伤

我迟疑了一下
关上门

足球场

汽车驶过沿途的市镇
工厂
村庄的牙齿正在脱落

一座乡村学校沸腾的足球场
夏天种植的牧草
和孩子们一起
向着天空
最后一次冲锋

在更高的地方
它们终将遇到冬天
球员各自回家
球场上，将是一片被掏空的寂静

规划中
这是一座封闭的停车场

变　凉

一条裂缝，悄悄延伸
从杯子边缘，到一个人的
心底。钻石般闪烁，光芒
一分为二。
在霍尔果斯
一个人静静地喝光杯子里的酒
许多事已经改变
许多人渐行渐远
阳光在西面，夏天的雪
从山顶吹来
这不正是你想要的吗？不是冰镇的
而是一杯，慢慢变凉的
啤酒

你在雨中下雨

雨下在天空中
天空中
在下雨
你在雨中下雨
身体的光亮
留住黄昏

离我十米远
雨水就是一切
我不知道雨外还有什么
就像我不知道
世界以外的世界
你以外的爱情

雨在下。短短十米的走廊
这些透明的飞蛾，碎了一地
使人绝望得
心满意足

而你不知道这些
你不知道没有发生过的事
没有说出的爱情

雨中没有走廊
没有下雨的天空
没有光亮
没有不灭的黄昏
甚至没有我，也没有你

在一张纸上，虚度一生

在乌市

我走遍乌市的每一条街道，漫无目的
夜晚渐渐变凉。
这是一天中的好时光。
看人们鱼贯而过

看热闹的夜市，烟雾辛辣。
熟悉的女人
名叫古丽，一副精致的骨架
她来到站台
没有什么特别的事情
没有什么特别的理由
她还没开口
我已经闻到她嘴里疲倦的气味。

瑠歌 的诗

LIU GE

想起一名白痴

我的诗人朋友告诉我
在巴彦淖尔
内蒙古的萧条小城
他有一个高中同学

母亲很早就去了美国
嫁了谁
生活在哪里
不知道

大学期间
每当那个同学想念母亲时
便会攒上一阵子钱
坐飞机到

福建的霞浦海峡
坐在那
想象一下母亲
再坐飞机回去

他认为穿过太平洋就是美国了
这是他此生离那最近的
距离

"听上去够白痴吧"
当朋友讲完这个故事
我们异口同声道

我们不认为这是浪漫
而认为这是愚蠢
因此我们才能写诗

大 雪

三月十六日
列车南下，驶过河南时

我答应了女友的分手要求
抬起头
看见一片灰白色

雪犹如一场核弹炸出的
白沫
漫天飞舞
在废弃的金属堆上

一个单薄的人骑着自行车
穿越了漫长的大桥

一场暖冬过后
郑州突然变成了
冰天雪地

抵达成都后
天气又是一片温热

那时网络上有别的热词
没有人太留意到这场雪

无关者

我迷恋这种感觉
当我来到异国

看见
电车窗外
陌生的房子与街道
从白色渐变成深蓝色

人群的目光落在手机上
不发出任何声音

我可以错过任何一站

而他们将自觉地下去
经过一间便利店
回到租住的公寓里
发呆
直到夜幕终结

清晨的电车声再度响起
回到工作的地方

无 题

午后
旧滨离宫庭院里
没有人类

屋檐下的铃铛串
在滴雨

风吹走
透明的伞

树海之上
含着腐肉的乌鸦嘴
发出啊的叹息

乌鸦尖叫起来
几秒钟后
一阵闷雷涌现

我穿过水池
从山坡上
回望

乌鸦已深入深幽的雾海
盘旋

午　后

我每天在午饭前醒过来

必定会想到
这样一件事情
过去的一切都在远去

爱与回忆
在消失

三年没见的故人
会变成五年未见
最后
终生未见

所有的爱在愈加遥远
所有死人的形象
更加单薄

爱会消失
只剩下一份无法回报的恩情

生命像一摊强烈的黄色河水
涌下

我感觉到如此枯竭
如此被喷涌

因此每个午后
开始写作

拥有诗歌……

许久未写诗
一下子抓回来

就像坠入蓝色的水里
却能呼吸
光滑的水母抚摸
皮肤
而不是蜇它

就是这种感觉

拥有诗歌
胜过拥有一切

它等于
什么也没有

用手捏空气
一无所有地生活
那般美好

半九 的诗

BAN JIU

大昭寺少年

佛像，从浓云涌至香火缭绕的广场
诵经堂里端坐的少年
放下经书，抬头望着我
如满街的转经轮突然放下了身段

那是我儿时注视杉树叶的镜像
是跟寺中释迦牟尼像近似的神情
眸子里全是冈仁波齐的星空
只要看到冻土里有种子在生长
虔诚就能来到我身边

少年把目光落在我的轮椅上
瞬间就成了一位慈悲的长者
知道那是我的飞腿
已经完成了一路等身长跪
他帮我挑开凡俗的面纱
让我看到了自己最想变成的样子

我就是个走失多年的人
只留下这黝黑的面庞，不言不语
仿佛冈底斯山脚下的石砾
每一次经过，都是一场幸存

谁的梦里都不会有杉树

谁的梦里都不会有杉树
即使有杉树，也不会有杉树林
即使有杉树林，也不会有
常在杉树林徘徊的木轮椅
我因此从不担心有谁会找周公
讨要解梦的钥匙

谁的梦里都不会有杉树
不会有注视我的眼睛
不会有轻唤我名字的声音
不会有紧握我手的用力一摇
这些只能在我的梦里
成为我的骄傲

谁的梦里都不会有杉树
可我一直都想忘掉杉树和杉树林
包括幻境中的幸福，以及
看似执着的意念
选择慢慢站起身
擦去你面额的汗珠
按捶你劳顿的身板
最好是将你一把背起
取出藏在杉树林的火把
来到雪山身边
奔赴一场神圣的远行

从此，我将不再走进谁的梦境
只会忘返于每一个脚印里

荒芜颂

植被退去了
退到了河谷与平原
退到了岩石的夹缝里
退到了草原跟沙漠的交汇处

退到了阔叶与针叶分手的路口
裸露在雅鲁藏布江之上
有如一个壮年的一蹶不振
夜风中，硭礅喘着的粗气
像扶在门框上望归的老母
独自背起广阔的荒芜
而我始终坚信
我所见过的茂盛
永远高不过冰峰
正如只有在荒芜深处
星空才格外明净

局　限

每一张合影中，我几乎
都是最矮的那个

在露天电影院，我又总是
最高的那个——

父亲让我骑在他高大的脖子上
他站在哪里，哪里就是
一座瞭望塔

远处的山丘，即使身处夜色
也逃不过我的眼睛
一切能用目光探测的地方
瞬间都成为这高大的附属品

建立在高度上的视野，会让人
轻易迷恋横无际涯的壮阔

站在海拔5235米的
念青唐古拉山口，我又像是
骑在了父亲的脖子上
可我看到的，目光都不可探测

小时候，我相信父亲
可以把我举得更高。而今

在急促的呼吸中，我终于明白
总有再也高不了的时候
总有抵达高大局限的那一刻

黑沙漠

鸣沙山后退着
我没有听见沙鸣
三危山后退着
我没有看到鸟飞
党河水后退着
我没有闻到花香
在敦煌，我只保存了
黑沙漠的颜色
在通向阳关故地的四周
在前往雅丹魔鬼城的路边
黑色，浩瀚如海
我拾捡起一粒沙石
细微的身骨不愿停留
它要跟数不清的伴侣
去构造一派壮阔
在它们面前，我才是
渺小的物件
在茫茫的黑沙漠中
我孤伶无依不被注视
即使毂觫苟存
也逃不过
一场恢宏的吞噬

在骊山

落霞，与落山不一样
没有决绝
只有依恋
彩练，归雁，以及遥远的
一叶扁舟
已经不再需要刻意的发现
我蜷缩在广场的一角

侧耳听着天南地北的方言
如我在山岩边看到的无名花
一朵比一朵鲜艳
一朵比一朵诱人魂魄
不因无名而卑微
丝毫不像我
手擎取自晚照亭的火把
也只是跟命运的随从一样
不忍卒读字迹歪斜的笔迹
那里面
是我用炼石堆起的山峰
星光之下
我会驻足于此
抽干华清池的水
唤醒兵马俑，让他们泅渡到
烽火台下
翻越千山万壑
最后一次挣脱锁链
探问天地间究竟有没有
停不下来的跋涉

不着一字的时光

倘若没有淅沥的雨水
我怀疑春天不会轻易进入尾声
合上月历，上面除了日期
什么也没有留下

人间在这个月份重复着
生与死的私语
仿佛不看到墓碑上雕刻的年华
就枉来了尘世，也换不回朗朗清明

我完全可以在每个日期上
涂写如麻的心迹
如同每天都要对着听筒
不停地传出禁令
将白天过成黑夜，被黑夜
长借不还

事实上，日期里面空空如也
还来不及自嘲
那些罩在头上的花环
不着一字的时光
一点点随春光散去
让我满怀羞愧地
站在每个日子的起点

夕夏 的诗

XI XIA

陪女儿晒太阳

阳光折射阴影，这些看见
却摸不着的光
它们是潜伏的猎豹
有着翻越雪山的敏捷
它们是飞翔的鹰
撕裂天空的片段堆积无数的幻象
虫鸟飞鱼，雪山力士
婴儿在屋檐下摇晃
童谣里的菩萨端坐在堂屋
它只是晒着天窗的太阳
光温暖着一双哭啼的眼睛

女儿在院子捉蝴蝶
上个星期，我们一起去过远处的郊外
鲜红的石榴花开满山谷
我们在一块山坡说起山神的故事
脚下的甲虫就遁迹了
说起苦涩的咖啡与可口的面包
孩子，你还未经历野草荒凉的冬天
我给你复述人间存在的证据
要明白一些时间很局限
人需要一生修缮完一条窄窄的路
种上向日葵照亮荒原

天堂山雨中

天堂山的九月，下起暴雨
雨水流落林子，山间小溪浑浊
峡谷进发无形的力量
一条通往山顶的路，松树清路
狐狸让行，攀崖人悬在半山
雨沙沙地打在脸上
他的脸上写满秋山的沧桑
踩着岩壁的台阶
身体像旋转的落叶，摇晃中
靠着一块岩壁，他尝试点了一根烟

雨隔着空间，云雾掠水，松石敲锤，
我透过薄雾的缝隙，看到有水珠
从他的背包滴落，暮色将至
我们没有出声也没有打招呼
我只是把淋湿的木柴
放在帐篷里避雨

阁楼旧物记

阁楼上的房子，我清理完所有的灰尘
锄头与铁锹，燃烧半截的蜡烛
布满蜘蛛网的渔网，一卷生锈的铁丝
他的水鞋用胶水打了许多补丁
下河淘沙，上山砍柴
他走过的路回响着秋天的哨声

父亲穿旧的呢子大衣，包裹着绿皮铁箱
我打开箱子，找寻到一只手套
这是他从草原带回来的羊皮手套
他那时候摸着我的脸
说看到羊皮手套，就可以看到天空辽阔
北方草场比这里要美丽

在此刻，他躺在沙发上怀念羊肉沙葱
而我早已行走于草原深处
见过牛羊无数，走过山河千里

那个躺在楼板仰望星空的人
他逐渐老去，岁月不经意间
更迭掉熟悉的物件，以至于
父亲不会轻易弹唱怀旧的音弦

友人书

那天，我们聊到神农架
正值深冬
杉木沉默着排列在雪峰
纪录片里
打猎人带回野人出没的消息

云彩烧红了他的双手
冻裂的肌肤
像有人踩着雪橇
经过雪地
两棵雪松压住回程的路
吉普车拖动雪山

——雪忘记时间，水诞生木
"这世上没有一样东西我想占有。"①
我仅仅为残损憔悴的枯木掩面而泣

① 出自米沃什《礼物》。

返回北流途中

在回北流的列车上，石榴花开满
路过的村庄。小时候
母亲把一颗石榴分成两半
兄妹两人一人一半，那些蜜汁
染红白格子衬衣，初夏的季节里
我们在长大，踏上县城中学
我常常望着校门外的石榴树

那时，喜鹊在枝头喧闹
山冈青山埋没人影

进山的人唱采药歌，想到这些
我拒绝记忆的负石压垮归途

列车上，有人敞开衣领
仿佛把夏天融进西瓜，有人用方言
在电话里安排家中事，有人脱掉鞋子
赤脚感受摇晃的大地，而我看着窗外
反复确认车票信息和站台
对于即将到达的故乡
我在雨中辨别未曾霉变的事物

落日捕捉黄昏，黄昏落在玻璃
我无比羞愧于对母亲常年的列车晚点

飞机飞过头顶

飞机最接近天空的云朵
人快中年，这些蓝色梦境
让我不止一次痴迷，年轻时
迷恋的恒星被分解
被寄养在高山之巅
被围困在天文镜中
而无数星星消失在我的生活
它们像撒漏的种子隐藏土中
剩下的一些星星，要在天空看到
麻雀抵达的尽头，我闻到稻花香
白鹤飞越的高度，我看到祖先的墓地
我四十年间，像候鸟迁徙一般
丈量轨迹，所有褶皱的弯曲
都带有美丽的弧度
它们重组的结构正是中年的波澜

晚景图

每天清晨七点，有一群鸟
从南边楼层过来，它们聚集榕树上
你能听见无数夹杂欢快语调的鸟鸣
也有纷乱的争辩，它们或许

谈论白天的收获，只有一只鸟
是单独的，它站在树顶的电线上
一双翅膀的羽毛光滑，它紧紧抓住
摇晃的电线，像走钢丝的人维持平衡
女人收起晒的衣服和干菜
她数落丈夫的工作没有时间观念
她说话间，屋外的叶子都落了
水龙头的水注满盛豆角的铝盆
打开厨房的灯，日子与晚餐无关
有些傍晚，只重复生活的秩序

卢辉 的诗
LU HUI

回　家

有时，雨也会想家
因为它的伙伴多
到了春天，屋顶的雨
抱着瓦片哭

哭够了，就有自己的窝
不是水库，就是池潭
即便携儿带女
拐个弯
就是我家的
水龙头

松　子

人间草木实在是太多了
我基本叫不出它们的名字
我在想，我有那么多的笔名
能不能送出一个

有一天，我来到大垄山
风是横的
草是软的，躺在地下的
大多是散落的松针

这是我唯一能叫出名字的松树
它有许多孩子，那些小家伙
喜欢抱团出行，或坡
或沟，或草丛
远一点
喊它
松子

被看见的美

用清水洗豆，豆子是圆的
豆子是可以看见的
有一下子被看见的美
坚硬的美被看见
是一种幸福

我一时还不想把水倒掉
又不想让豆子变软
一颗颗的豆子
相拥在一起，这种时光是很大的
不用你来比较
不用你来
喊叫

海 拔

珠峰，不是因为没有人
才那么孤独，天洗得那么干净，有人还没见过
海水

据说，从海平面量起
海岸线是拉不直的，于是
他们只能一步
挨着一步
成为
雪崩

终极的苹果

一想到终极，圆圆的苹果也有了天堂
那不会是桌面上的静物吧
不会是那把刀子
一分为二的
核心

想到这里，我要去祈祷
要到苹果的厅堂
跪下
数数它们还在跳动的
心脏

一下又是一下
一粒又是一粒
像是果核
把手掏进了我的心窝
一直以来，我从摊点到集市
为一枚枚苹果
净身
上堂

一念唐朝

我没见过唐朝，常常把往左走
或往右走的路
一律当成唐朝来走

其中，一条河
所有的人都过去了，鸡鸭也过去了
鹅，比较散漫
留在唐朝的后面
一摇一摆

有板有眼的路
不一定好走，这不
那个写鹅的诗人
可是急坏了，他用了那么多的清波

还唤不回
一对
红掌

冬　至

冬至，一点都不冷
南方人习惯了
写一点不冷的问候，没有信箱
就在家门口
大喊一声

太多大小不一的节日
不必一个一个都过，可
冬至的汤圆，一旦
露馅
这个缺口，谁都不想补

手　掌

远方，有时从你的指纹
依稀可见，如果到了指缝
那个空隙，你能想到一条河
从这里纵身跳下

这时，如果你把手掌打开
一个人的命，还是蛮大的
跳下去的大江大河
从来不担心月球的引力
也不去理会西高东低

要是这样的话，你还可以把
另一个手掌高高举起
允许雨不停地冲刷
也让风不断地剥蚀
即使霜降
掌心都不会轻易成为
孤岛

师飞 的诗

SHI FEI

爱情保守主义

她不会回来了，
但这不是说她已经不在了。
她依然在某处，替你
熨衣服、清扫窗台、洗脸。
你怎么能说她不会回来了呢？
她替你打探天气，订好了房间，
她再一次为你准备了晚餐；
只不过另一个人替你吃了它。
另一个人——他可不就是
另一个你吗？在许多人之中，
你慎重考虑并决心成为
其中一个，于是你不得不放弃
许多自己，你也放弃了她。
但她依然执着地守着某个你，
尽管你自己都已经忘了他。

关于日常真理的小研究

真理如此明显，以至于
我们必须特别努力才能抓住它。
譬如——
我父母家的院门是红色的，
它正对着祁连山；
今天中午我吃了一盘土豆片；
最近的加油站在我南边两公里；

我的朋友严彬任性又善良，
摧毁他的最佳方式是给她一个女朋友；
而我仅对我自己的人生负责。
瞧见了吗？真理就是如此简单，
它是经验，而非任何形式的观念。

我突然想吃奶奶板箱里的罐头

奶奶死去的时候是透明的，
床头的褐色箱子上镶着金色锁扣。

死亡超越了颜色，就像生活
被分解成一连串哭声和笑声。

我们穿着白色和黑色为死者送行，
后来我们披红戴绿地涌入广场。

也许我们全都错了——
白色反对一切，而黑色对一切照单全收。

世界灰蒙蒙的。
天空执着于蔚蓝是因为它吞下了

所有颜色，只吐露蓝色。
死亡拒绝黑暗，所以它成了黑色。

说黑话是为了让自己显得干净，
而举白旗意味着绝不投降。

意　义

你能看到玫瑰色的星星，肉乎乎的尘埃
和影子；你能分辨出一条线由几个点组成
事物因永逝而不朽，你的眼睛惊呼着
破碎，但你能看到自己的眼睛吗

你爱着一个人，你在她身上的每一个出口
围堵她的灵魂；你穿过她高耸的耻骨

追逐另一个人。接着是第三个
你很满足，但你并不晓得爱的定义

你浑然不觉地活着，妄想着，全心全意
然后你死去，带着一些遗憾
——究竟是什么东西（如同过量的高音
和低音）因为不属于我们而成全了我们

真理与死亡

没有人料到大卫手里还有第六块石头，
他把它交给了米开朗琪罗。

没有人记得复活是为了再死一次，
再撒一回欢。没有人关心真理——

希帕索斯被投入海中。
耶稣在人群中掩面哭泣。

没有什么曾被铭记，也没有什么将被遗忘。
爱琴海不过是一块蓝色的盐。

正午的引擎

十米开外，红色卡车沿着270县道从北往南
运送收割机。
更高处，似乎就贴着屋顶，教练机反复折冲
推拉着基地。
　　　　　　　一切都需要练习！

在水泥门摊拐角处，父亲扬起白色塑料锹
往车厢里装玉米。
金黄色的颗粒追随着尘土一路飙升、滑落
哗啦啦敲响铁皮。
　　　　　　　世界比命运清晰！

当我穿过走廊，葡萄藤已经越过木架和桩墙
伸到了梦里。

而你在努力醒来的途中听见时间隆隆如雷暴
绊倒了自己。
$\qquad$ "万物静默如谜！" ①

① 辛波斯卡诗句。

那个男人

他自称园丁。修理完地球后
他关上花园的门，招了招手。
我顺着太阳走过去；
在跌出地平线时喝了一口水，
浑身沁甜，冰凉。
他招呼我坐下，给我书看；
每一个词都在闪烁、漫溢，
像灵魂在肋骨上蹿涌；
每一个词都是另一个词。
我是该歇一会儿了；我迷了路。
为了觉醒我必须学会遗忘。
我的喉咙滚烫，接着是耻骨；
水在我的身体里沸腾着，
变白又变红；我滑入其中。
你已经长大了——
成年人不再需要妈妈，
妈妈也不再需要你。
在上帝的凝视下，那个男人
修理我，绝望而耐心。
他说他爱我。
我知道承诺真实却并不可靠。
他不是雄鹿，而是山羊；
我是羔羊，而不是月亮。
他的眼睛让我看到我的脸；
他流血的手抚摸着我的大腿，
像一把钝刀；而我的哭喊
穿过上帝颤抖的指缝，
刺破上帝厚厚的耳膜——
像一首歌，离我最近也最远，
无法切割——淹没了我。

疼痛故事

四月，我出去旅行，去长沙。
五月，你出去旅行，去成都。

我回来了，你没有回来；
疼痛把一个人劈成了两个。

接着，记忆中的第三个；
在遗忘中又有了第四个。

一把剪刀分成了两把利刃，
插在各自世界的肉里^①；

为彼此祈求着更多的疼痛
——因为失败而永不言败。

① 化用自阿米亥诗《爱与痛苦之歌》。

小箭 的诗

父母走后

我一直盼望梦见他们
我会在每个场景里找他们的影子
那些家族史，我写过
我懂剧中的每一个人
无法表述的内心
当我懂得更多后
才发现是经历让我沉默
而那些沉默对于自己是如此珍贵
对于外物却是一种怯弱

幸　福

一直发烧
几次梦见他们
母亲穿着白色运动服
从未有过的神采奕奕
我问父亲："老娘好了？"
"好了，好了。"父亲搓着手
一脸得意
幸福仿佛要溢出来——
母亲康复了
在父亲的精心照顾下
家还在
我的家还在

遗　言

发烧、肌肉疼
恍惚中感觉父母就在身边
我回忆他们在生命的最后时刻
做了什么事，留下过什么遗言
母亲在弥留之际，已经失去了视觉和听觉
她闭着眼睛，说着最后几句清晰的话语
"回去睡一下，回去睡一下……"
她心疼我——她最爱的儿子
父亲神志清醒（血氧已经只有50）
让我喂他吃完了一碗米粉
当时已经很晚了
他大口吃完我喂的米粉，对我挥着手：
"回去休息吧……休息吧……"
他们留下了相同的遗言
我知道
自此以后
没有人会这样用相同的方式爱我了

无　辜

父亲去世后
我把他和母亲的遗像
放在他们各自的房间
在最后的时间里
他们说起过很多人
那些过往
各人有各人的不堪
伤害和无奈
到最后，终于都说了出来
唯一无辜的
只是他们的孙女
只有她
没有做任何错事，说任何错话
支撑他们活到了现在

仪式结束

待在房间里
太久了，也会厌烦
就像我会长时间观察一根绳索
不断穿过光线的样子
但如果光被绞死
仪式也就结束
留下来的人
是我、你，还有那些至亲的人

这是我最悲哀的事情

最悲哀的事情
是没人可以倾诉
最悲哀的事情
是孤独
去年的这个时候
母亲是悲哀的
没有人在她身边
那一个下午
她在病床上说着谁都听不懂的话语
（由于心衰和肾衰并发
她失去了视力
好像还失去了听力）
在生命的最后的两个小时
她肯定是悲哀的
没有人陪
没有人可以倾诉

装　修

旧房装修
拆掉了博物架
老旧的窗帘
阳光就这样轻松地穿过阳台
来到我身边

一切多么好啊
一切都换新了
包括老家什
包括父母的气味
我在房间中央
带着前世的记忆
仿佛躺在子宫里
盼望一声啼哭后
世界白茫茫一片
恢复如初

日　记

"你应该出去，以免
总待在房间里"
很多人都打开过那扇门
不停推着我行动
阻止我过久地呆立在那里
我开始习惯
不断有人进来
带着我出去，看天，看云，看世界
然后转回来
我习惯了不去打开那扇门
就像悲伤没有形状
它是只能朝外推开的
就像愤怒没有去向

徐小爱克斯 的诗

古　寺

古寺已经破落。木鱼
闲置在香案上。僧人们沿着经书
去向了何处？

没有听过念经的声音。枯黄的树叶
照样超生成了蝴蝶
它们将一世的春梦，悬在
初冬的半空

静肃的古寺。僧人们去向了何处？
让远道而来的我
去撞生锈的大钟

傍晚时分

光线开始暧昧起来。半明半暗
傍晚时分。我做好了黑夜来临的准备——
油灯已擦亮，火柴就搁在旁边

白天的事情都过去了
黑夜还没有来临。这个不早不迟的时候
该做些什么？

把油灯再擦几遍。试试火柴能不能划着
……就这样，黑夜来临了

一片羽毛及其他

一片羽毛。抛弃了外出的念头
藏在身体中。和你一起
忍辱负重地生活。
她在你的体内，从早到晚
蝴蝶一样地飞着。
她飞不出你的眼睛，你的耳朵，
你的诗歌。

——直到你老成一棵树
她飞出了你的身体，歇在了
你的枝头。

张小梅

那段时间
张小梅傻傻地
天天在院子里吹泡泡
我说过她好多次
那是小孩子玩的
并告诉她
泡泡总是要破掉的
张小梅说她知道
说每次泡泡破掉之后
她都很难过

可可西里

那里的藏羚羊
在沙漠上跑来跑去
要是我去了
我不会和它们
一起跑
这么多年
我整天跑来跑去
累了

我在沙漠上坐坐
一个人玩纸牌
沙漠里的沙
真软
就算我
不小心把什么掉在地上
也不会碎

度姆寺

寺门关紧
老和尚小和尚睡着了
菩萨们好好的
我喝醉了酒
打牌回来
钥匙不听话
我怀疑寺庙是想象出来的
门也虚妄
那门口的人
站在和尚梦中

终于可以写一个无题的分行了

围着篝火
坐下来
或从篝火
缓缓出发
偶尔情绪所至
文字和别的
成了飞蛾
但所有这些
目的过于明显
纸里包不住火
现在好了
一场雨
火就死了
更好的

没有靶子
箭也自由了

草莓，或者蔷薇

如果我被一颗草莓梦见，我一定浑然不知
就像我昨夜梦见你而你并不知道
我还梦见了有人剪花枝
咔咔咔，当时我的骨头在响
我知道这是移花接木，花是蔷薇花
木头是我是诗一点不重要
疼痛也可以忽略不计
红艳艳的花儿，开得真好
她有草莓一样的颜色一样的芬芳一样的热烈

说出来也许你不信

镜子突然碎了
四周一下子空旷起来
我也没有了
恐慌之后欣喜而至
原来空气是我，树是我
树上唱歌的小鸟是我
树下发呆的你是我
你手里的玫瑰花也是我

一面之缘

当鸟飞掠水面
鱼正好跃起
一秒钟的相视
像两个人一起过了一辈子
像无意之间
你遇见这首诗
遇见走在大街上你也不认识的徐小爱克斯
如果搁在以前我会心生无限悲伤

我现在不动声色
我想到木鱼
在心里敲了一下

小古 的诗
XIAO GU

雪夜聊斋2022

像一个聊斋志士奔赴狐场
东灵子打了半天的滴滴
要去约会女博士
还有被他放弃的女富婆
青春的欢畅就寄居在甘肃的云计算机房
中年的责任始终把一位书生牵绊
嘉陵江的水
稀释不了他犹豫的眼神
远在雾都的兄弟啊
北京又下雪了
喝茶的95后诗人桉予凌晨5点回到了家
年轻一代的异性比我们更坚强
她们逐渐成为我们无法开户的能量银行
我说，东灵子
咱们一起再穿越一次
比如东晋王徽之的绍兴
比如1990年代弥撒的东莞
比如2021年解渴的海南
驾驶飞船，沿江而上
把江湖上中年人的失败与犹豫，骚动和闷伤
全部吸入我们的量子发动机
融化进这来不及释放恶意的雪夜

七月·槐花孤独铺落闹市

神的液体垂落
在她的皮肤与毛发
电梯蓝色
居中的两人在接吻
是蓝色飞速而下
像闪电
劈开了我宿醉的脑垂体
自从迷恋过酒精浸泡的果香
我的雄性激素已变成塑料树
这是悲伤又轻松的七月
脱离了多巴胺的拖累
槐花漫无目的铺满西坝河南路
我不断路过没有蜜蜂的护城河
穿着高帮胶鞋的老人打着手电
在捡拾缓慢移动的田螺

访曾国藩墓

朋友们纷纷来到了含浦伏龙山
那一年的长江已经天下太平
逆流而上的寿木载着曾先生腐烂的肉身
有机体溶化
最终剩下微薄的无机盐
这是杀戮与拯救最均衡的结果
中年游,不调情
那一年更年轻的曾涤生在日记里说——
昨日又多看了几眼朋友的小老婆
今天不戒淫邪绝不睡觉
桐溪寺外,更新的道场已完成
巨大的烂尾建筑群
森森白骨
望眼欲穿的轮回感应
激励我们继续奋斗戒淫邪

没有四季的桥梁

无人修剪的四季青
在七圣南路上脱颖而出
突兀的身高沾满了帝都的灰尘
园丁已经失业
四季青桥上也没有四季青
每一座桥都把守着三个民兵
只有在蓼水河畔的高沙镇
春节的四季青在雪中葱绿发光
菜农随意剪下几根
他们就可以闪耀半生的希望
韭菜不断上市
种菜的舅舅们也逐一升天
带走了14吋黑白电视机里
白素贞与长江大侠的希望
浑身带戏的山魈已经吹响了毁灭的牛角
即便选择成为一个普通劳动者
一生都得背着那个卑微如木的诅咒
夕阳打在朝阳民兵的马甲上
他们空洞地监视着走入天桥的灵魂
维护灵魂驯服的秩序
是他们的西西弗魔石诅咒
事已至此，就喝酒吧
阳光只能灼伤懦弱的魔王
并不需加热任何一颗朴素的真魂

田华 的诗

TIAN HUA

谷雨这天
——想起外婆

湖北人管外婆叫家家
刚上小学，我总赖在家家家
给她捶背，为她修脚
她的脚很小，脚趾都叠进脚底
每次都会剪破流血
她那个聚宝盆的五屉柜
里面藏着好多糖果点心

每年谷雨这天家家都会说
天就要热了
每年夏天，家家都在
岳家嘴路口卖茶
是那种三匹罐的花红凉茶
小杯一分，大杯二分
客人用过的玻璃杯
家家都会用开水冲烫
她说这样才卫生
隔壁茶摊的奶奶经常打嗝
声音很大，很长。我喜欢模仿
家家很生气，举起棍子就打
我跑她又追不上，她不能消气
就连蹦带跳地在路边叫骂：
"华华额！
你个死死揪揪，弹弹死死的。
你个跳起来死的、你个蹦起来死的。"

（真没见过谁家的外婆会这样
恶毒地咒骂自己的亲外孙。）

有次放学浑身淋得透湿
换上家家藏青色的斜扣外套
腋下的布扣非常难扣
我学戏里的包大人抖动袖子
"陈世美，你哪里逃！"
接着用一把扫帚把人铡了
那次家家乐得直拍桌子

家家是1978年要入冬去世的
说她要出院，我逃学回去
却不愿进去，躲在门口哭
任她用眼睛四处找我
第二天被班主任罚了站
"人还没死就逃课，
要真死了你不得旷课。"
就是那天家家死了
很长时间我无比痛恨班主任
我觉得就是他咒死了家家

只要路过岳家嘴那个路口
就会想起那个凉茶摊，想起
19路公交的终点站
想起家家咽着口水
盯着几个孩子剥橘子
想起那双小脚因追不上
那个捣蛋的外孙，跌着小脚叫骂

梦里家家偷偷塞给我一把糖
笑眯眯地说以后不再骂我
我都是一个快六十的人了

湖光的感觉

我想我是第一次
这么专注地在湖边看灯
看夜里湖里的春寒

看灯影拉长揉碎在水里
在风的凌乱中
相互交换着颜色

为什么一定要投入水里
灯没有了之前的彼此鲜明
我想问一问那条没有入睡的鱼
这水里的哪一束光
真正属于过你

立 秋

昨夜所倚的那棵树
是否感觉到一丝凉意
生机尚未褪去的草叶
不得不放弃挣扎

其实，活下去
只是一个生命的态度
多数人没有能力也无须
像一棵果树那样去
呈现喜悦

秋老虎的余温依然让
正午的脊背渗出大汗
应该来一次旅行
那年在淄博的一家小饭馆
我盯着油锅里的蚂蚱
很久

七弦琴

宫、商、角、徵、羽
我不学，不是不喜欢
只是感觉，这
音律应该来自天上
嵇康死后，所有的拨弄
都是脱了骨的呻吟

说　浪

我见过世界各地的浪
大西洋东岸的
大西洋西岸的
波斯湾的、南太平洋的
黄河的、长江的

长江黄河的浪让我印象深刻
它们最具有戏剧性
前浪在沙滩边打了个滚
就成了后浪
它们有个很安魂的名字
叫：轮回

致五柳先生

终于知道什么样的夜
会黑得看不见五指
退化的大脑有些迟钝
满屋的书，就因你那句
不求甚解懒得翻动
用它们垫床、垫餐桌
垫这间摇摇欲坠的茅庐

庐外的柳树在风中呜咽
像耳畔一阵阵的哭丧

我想在你的草庐旁
搭一间坯屋，我会做饭
能照顾你的起居
整个南山已堕入荒蛮
许多人已绝望地随大雁迁徙
在天上组成一条人字的线

我学你耕地、陪你种豆
种出的豆吃不完
可以喂鸟，喂白头翁
那种缠绵悦耳的真爱

才有资格去繁衍

我用柳树做好两把躺椅
午饭后陪你躺在树下
看蝼蚁搬家、野狗交合
看柳条在风里轻摆，曼舞
像司马家风情万种的歌妓

你是二十五史人文的剪影
叉着腰立在夕阳里
像一尊石雕
这硬朗的腰身别说五斗米
就算五千石，也压不弯

童七 的诗
TONG QI

哀歌：纪念马小雄
——为《构树小径》而作

你走之后的世界，失魂落魄的我
曾漫游在滇西土地上
三角梅盛开的旅馆里
主人让他年纪如花的女儿在
深夜里为我买来酒
我在失去你的世界里酩酊大醉
那条路没有归途
你一个人，用死亡之水
把我逼上绝境
我不得不沉溺于制作脸谱的幻境
让手拿刻刀的师傅一次次把鬼怪
往人间送来
我无家可归了
站在挤满三角梅的院子里
看着年轻姑娘为我买来酒
她的脸庞忽而像一种魔咒
她每向我走来一次
就是你伸手向我索命一次
你质问我为何将你的死
一遍一遍地进行复制
我再无退路
买酒的姑娘，手中的酒多到我
根本喝不完
酒是她打捞我的最后一只瓢
她试图将我从你曾俯卧的那个池塘

舀上来
可我坐不稳
她的脸庞越来越扭曲
似鹦鹉，似白蛇
似你离开时的那个俯卧
三角梅把我挤向空白处
院子中央
放着她晶莹的心脏

母亲的伤

有时
疼痛仅存在于我的胸腔。

暴雨打落了树叶
雨水中的母亲显现出她
悠久的过去。在那座永不坍塌的房屋中
她的身体被巫占领

山神怀着古旧的感性
在她身体里种下一棵树
这棵枝丫朝向大地的古树
树枝上常常落满麻雀
浓墨重彩的黑，让母亲的身体
不再轻盈
她从厨房迈向果园时
无名的事物缠住她的脚
让她始终在原地周旋

吵闹的麻雀声将我喊醒的那个早晨
——我没有吃下饺子，没有
走进麦地。我睁开眼睛
平静地接受了一粒来自古树的种子
——它把疼痛繁衍得雪花般密集

我知道那来自母亲的身体
它们缠绕着
诉说着对我永不放手的忠诚

叫乌鸦的少女

雪意浓厚的清晨
少女乌鸦从寒冷中惊醒
梦中有人喊她
那人藏在风雪中
她在半山腰生了一炉火，在火上煮
一种雪天喝的粥
雪在温暖的炉火中落了下来
少女乌鸦在等待一个从
白雪皑皑中走向自己的人
她喝完了粥，又添柴火
柴火把时间燃烧成灰烬
灰烬中没有事物现身
天色老去
少女乌鸦从清醒走向昏睡
漫天的风雪中终于走来了一位老人
她向少女乌鸦伸出了温暖的臂弯
少女乌鸦口中念念有词：
"大地倒塌，风雪来了……"

博物馆中的非洲木雕

当灯光熄灭。黑暗中
自我就是群体
他们扛着对方的和自己的脸
舌头、眼珠和四肢
试图逃回他们的祖国
两个大洋的距离，要爬上
有母亲的陆地
只需要一盏灯光的熄灭

他们怎样在黑暗中完成乡愁
就怎样在白日里获得乖巧

没错，这是
神的孩子
他们眼里有一片又一片的海
却在博物馆里睡得那样好

他们灵动而乖巧
像每一个离家远行的孩子

季节的大雪会覆盖下来
在母亲看不到的地方
每一棵树桩，都尝够了
不能生长的寂寞

空　村

一个村落的美已经被固定住：
墙根和太阳共同赡养一位老人
褐色的牙快落光了
瘪着嘴巴说着一些别致的方言
他是从末世来的
村庄被他的预言围住
走不到明天
没有太阳的时候，这里的雾很大
距离我们要到达的地方
永远差着一方柳暗花明
几个孩童游散在雾深处
像是另一道谜语
谜底在他们远方父母的口袋里
他们的父母已经被远方的买卖
剥夺了作为父母的权利
她们的乳汁正变得苦涩
他们的口袋里再也掏不出糖果
他们生育时的辛苦也被卖了
买走这些东西的
是这片茫然大雾
还是雾中隐约传来的乌鸦声？

一小部分

多少荒原，沙漠，寒夜孤独的月亮
组成一个人。

你要听到这些声音：
一只狗在痉挛时呜咽
鸟儿与同伴离散后的哀鸣
还有丧钟，葬礼上鼓乐的悲泣

你要被这些声音惊醒：
凌晨五点在河边争吵的夫妻
无助孩童的号啕
跑车的呼啸。最好还有
冬夜落雪的声音

还有一些声音：
茶壶被火塘里的滚烫柴火
烧成黑色。用这黑色茶壶里的滚水
冲泡你的奶茶。围着火塘
给亲人讲述你内心的波澜
你听到他们体内沉默的回声
你要听过这众多声音，肉身才能
慢慢地，成为人间的一小部分

母亲的时间

轻盈的脚步在房屋与麦地间移动
谷物的长势让人欣喜。

为新一轮的庄稼剪掉多余的嫩芽
奉行节俭的美德

与飞鸟交流，听凭风带来雨
不忘收起晒干的棉被

她看到晚霞带来远方的季候
听见树木成长时的私语：要把

伞撑得更开，才能吸收更多的雨露
她听到牲畜对干草的需要

以及更多饥饿的表达
所有的这些，让她的时间干燥而充盈

在月明的夜晚她曾偷偷咒骂月亮：
它的圆缺会带来远方亲人的消息

这个时候她知道自己的属性是人
而她曾经离人类这么远

远到，那天下午有人与她说话
她盯着对方很久，语气结巴闪躲着

从远方归来的孩子

母亲与小羊

母亲和一只小羊重新建构起的空间里
一个个虚构的日子从梦想中被拿出

小羊的嘴巴是一把被冻住多年的铁锁
仿佛沉默是为了捍卫一种它所理解的尊严
尊严里又有绒毛的柔软

她在锄草
小羊的咀嚼声充满梦想
她在凝视
小羊的身上有一座暖洋洋的城堡
她的睡梦中
小羊进来"咩"了一声
一些色彩温和的花朵顿时开满了血液

她看到阳光纷纷站在花瓣上
宛如她刚学会走路的女儿

赶路人

腊月，他在去丈母娘家的路上
遇上了一对母女
母亲提着从娘家带来的米
女儿则可爱异常

他背起女孩儿
坚持将她们送到了家
再折回天色已晚

那时候他刚失去了女儿
眼中常常挂着雾
他送母女俩回家时路过女儿的新坟
坟头还没有长出新草

那晚村里停电，家中有微弱的烛光
摇晃。他进屋时抖落了一身月光
碎片之一落到了燃着的烛台里

祝雨 的诗

菠萝蜜

允许我被一分为二
允许他的双手麻木地剥开
那些喂养过我的
苦涩的多余的部分
允许骨肉分离

允许他成为慈善家
从我的生命里抽离出甜蜜
送给一个个陌生人

秋　晨

餐桌上，两杯白开水散着热气
晨光中渐渐温和下来

电饭煲里，粥还在煮着
绿豆和小米一点点放下矜持
互相依偎，吐露黏稠的爱意

窗外，那丛蔷薇被月光看了一整晚
风吹过，她的头一低再低

接下来，一定有更好的事情发生
你要仰起头，迎着风，在一片金黄中
慢慢打碎自己，交出最柔软的部分

归

灼热已经被夏天丢弃
那些高高挂起的柿子还没成熟
就已经被秋天丢弃
走在回家的路上，我看着月亮
月亮回我以无言的深情
我知道，我不会被她丢弃

曙　光

唰，唰，唰……
我总在凌晨被这样的声音唤醒
寒风中，她拿着长长的扫帚
替那些熟睡的人
梳理着剩余的黑夜

秋玉兰

秋天的院子里，一株玉兰格外耀眼
路过的人议论纷纷，对她的开花时间提出了质疑

呵呵，谁知道呢，也许只是为了让你
多一个爱上秋天的理由

清　明

每年清明，都要跟着姑姑们去上坟
一上午，上山，下山，再上山
先是爷爷、奶奶、太爷爷、太奶奶
再是夭折的四姑、早逝的父亲
我为数不多的亲人们，生前无法相聚
死后也埋得七零八落
每年只有今天能吃一顿团圆饭

秋 杀

梳妆台、卫生间、沙发、地板、枕头
到处都能看到它们
每天，我都得面对我身体的一部分
孤单地，或成群结队地死去
并且死无葬身之地

去故乡的山上

去故乡的山上建一座木屋
小小的木屋，门窗要开着
让四面八方的风——吹过
让春夏秋冬轮流替我住进去
轮流替我照看它

木屋的门前一定要留一块空地
让南来北往的燕子替我播种
让东边西边的雨替我浇灌
只要有阳光洒下来就好
只要有东西从土里长出来就好

事实上，从离开土地的那一刻起
我就已经离开了故乡

等到那一天

所有的词语都出逃
所有的修辞都失效
万物回归本真、本善
生命自然而来，自然消亡
自由公道不需要喊出来
美不需要歌颂
我就不再写诗

秩　序

姑姑快七十岁了
她一个人住在乡下，养鸡，种菜，
像照看女儿一样照看满院子的花
鸡鸣了就想着起床下地干活
地里的菜长好了就要给子女送去
院子里的花开了要败，败了会开
她和所有的女人一样，活在一种秩序里
一种由来已久、永不停息的秩序

落　日

往海里放，往沙漠里放
往树梢放，往故乡的山头放
往恋人的眼泪里放
往母亲劳作的背影里放
往阳台那枝打开一瓣的花里放
往一切当放之处放
还有谁比你更有耐心
每天一遍，教人该放下就
放
下

吃云长大的孩子

晴空万里，有云
越往远处云越低
低到人家的门前，窗外
关键是低得
松软，诱人，散发着热气
也许下一分钟，我能看见
一双双胖嘟嘟的手
推门开窗，蹦蹦跳跳
把一朵朵云端进屋

肖英俊 的诗

XIAO YINGJUN

母亲的情人节

中午吃饭的时候
女儿告诉母亲，今天是情人节
我用筷子敲了下女儿的头：
奶奶七十了，那是你们小孩子的事

下午下班，母亲不在家
我赶去养老院
母亲正在为瘫在床上的父亲喂粥

回来的路上，我责怪母亲不该独自乘车
母亲嗫嚅
你父亲时日不多
我想陪他过个洋节

新年，致父亲

从医院到养老院
我不停地签名
证明我是你的传承
那些字遒劲
却蘸着焦虑、惶恐
内心空虚

新年的钟声即将敲响
你静卧在养老院

与垂暮为伍，绝望
眼神洞穿世俗
不屑言语，不露心迹
任由我们猜度
街头的霓虹透着虚幻
星月在冬夜无力撑开眼帘
寒风中，任香烟
明明灭灭，燃烧思绪
却无法点燃期冀

刻　碑

在大理石上
刻上父亲的姓名
生辰八字
刻上祈愿，追随
如同当年他把我的生日刻在衣柜门后
两行字跨越时空
跨越生死界线
只是，这递向另一个世界的名帖
漆黑、凝重、哀伤
我们兄妹的名字
簇拥着他
犹如小时候匍匐在他膝下
给他温暖、力量、希望
若干年后
我期待重享这份团圆

中元夜，我做了八道菜

第一道菜，氽鱼丸
是母亲在七十岁时学熟后教给我的
第二道菜，蒸茄子
是父亲的最爱
第三道菜，炒丝瓜
是表弟从祖坟山中的老槐树上摘来的

红烧肉、武昌鱼、啤酒鸭
是我对列祖列宗的敬献
清炒苦瓜，留给我的余生

第八道菜，炸花生米
是爷爷的往昔
煤油灯下
一碟花生米，一盅苞谷酒
一颗颗，一口口
都是对苦难的钩沉

越来越近

清明了
母亲在花坛里种下瓜秧
嫩绿的希望
在八栋和九栋间举着春天
遮阳棚下，已不见父亲的身影
那把靠椅孤独地蹲在车库的门边
每天下班我都会在上面坐一会
感受他的气息、余温
回念他揶揄我大肚腩的样子
他不知道，环山路上
自虐的汗水有时也只能腌渍信念，冲刷希望
就像我当初为他遍求名医
也无法疏通其梗阻消除我内心的隐痛
今夜，蛙鸣鼓噪思绪
我在黑暗中拾掇他生前的碎片
只是影像越来越模糊
拼凑愈发艰难
戴上老花镜
审视镜中的我
才发现
虚浮的自己
已离他越来越近

罪己帖

每天早上六点
闹钟准时响起
40毫克替米沙坦2粒
47.5毫克贝他乐克1粒
阿斯匹林1粒
麝香保心丸2粒
螺内酯片1粒
氢氯噻嗪片2粒
白开水1杯
在太阳出来前
吞服
才有重续余生的底气
偶尔也会借酒
浇灭烦心事
洗涤重症监护室的恐惧、挣扎、揪心，
家庭批斗会上
搬出辩证法
妄图在生活习惯与健康的争论中占得先机
"不要强词夺理"
"三番五次住院已是最好的案例"
面对妻子和女儿的讨伐
面对如山罪证
也为了明早的那碗白粥和一枚鸡蛋
我只能拖着残肢，认命

我把疼痛刻在心底
——兼辞2019

年过半百
我早已练就御痛之术
楼梯折断胫腓二骨
钢针穿透脚踝
钢条、钢钉植入右腿
我用麻沸散麻痹神经
尔后再用哼哈止痛
肾内一粒小石子枉猜我心思

想涅槃成舍利子
7个小时的冷汗
我用静脉滴注破除它的幻想
至于心疼
则学农妇捶胸顿足
或仰卧将息，装死
实在不行，就呼叫120
任凭急救医生手忙脚乱
替我割腕
用造影剂评判心坏的程度
尔后，我手缠绷带安睡在还好的结语中
2019，你竭尽所能
试图把疼痛贴在我脸上
等你一转身，我就撕下这张标签
把疼痛刻在心底
继续前行

接　骨

老郎中已归隐山林
竹夹板、木夹板已葬乱石岗
三维影像下，
胫骨腓骨嶙峋，凄然
折断处，棱角峥峥
没有黑玉断续膏，没有奇遇
更没有传统的拿、捏技艺
需十余日静脉滴注，消肿，
需另开创口，启用钢板、螺丝
拆卸，清扫，拼接
为软骨头找好硬靠山
辨歧路，防叵测
尔后再缝合，消炎，挤出脓血
把疼痛深埋成终身的记忆
闭关三月，练就金刚不坏之身
方可重出江湖
披斩荆棘
继续赶路

雪鸮 的诗

索菲亚教堂

雨蚀的砖
揭露了斑驳而切实的心
岁月的清明
巡游于古旧窗间

百年前
异族人于此地匆匆而过
留下的遗女

无论衰老的斑纹会如何爬上她的身体
她依旧于此
看遍兴衰

滤　镜

绘布除不了雨迹
新漆掩不住旧痕
磨皮抹不平棱角
美白照不亮阴影

费尽心力只为
好像的美

老路上

严重超载的三轮车吱呀吱呀地响
脸上长斑的老奶奶在路边摆摊卖旧物
路边楼房还涂着二十世纪的漆

沿着旧的路走下去
终会走上新路

在不变的岁月里沉寂的
好像只有不断生长出新一圈年轮的树

互补，何止于此

亲人，
是一个很幸运的关联。

我25岁，
告知了父母，
我找到了这样一句话。

亲人是天大的幸运，
他/她是来，
补全你的星星。

梦中浑噩

25岁那年
从父母的院子
赶走一驾驴车
拉上许多大苞米
却被堵在
一个城市的入口

苞米们发芽了
急着回土地
驴，急着挣脱绳索

我，急着
醒来

行车道上

向我涌过来了
滑落的珍珠
是坠陨的星河

离我而去的
是别人
红色的心

它们成对出现
又如约好了一般
双双消失

互联网

带你去看星
用愿景和幻觉捏出梦
再将苦难给予
把梦挤压、锤炼

"那它最后凝聚成了现实存在吗？"
"不，它被敲碎了。"

愿景的内部是尘土
水和眼泪中和而成的幻觉
被真实的网线与乍现的飘窗链接

"只是一个网而已"
互联的世界
又被世界网住

李柳杨 的诗

LI LIUYANG

和 田

诗句随着睡眠
由浅入深
变成戈壁滩上
一小股掠起的风
它只围绕着
一只毛驴的生活转悠
或者苦苦的矮松

"从不……"

从来不读书的人
这样喊我——作家
希望我救他

从来没有爱过我的人
叫错我的名字——
我在他们心里与草木无异

从来没有听说过我的人
在梦里梦见我
我听到他们深切的呼喊
"我没有见过的人
你带着希望"

这是什么诗？

清晨醒来我总是高兴
我相信我是光
我相信我是流星般的爱
我的高兴随着太阳的起落
在晚上的八点降到最低
入睡前我总是哭泣
默念几句话
独自睡去
——燕子有时候来
又飞去

水

我写诗如同喝水
我一生不停地喝水
像寻爱一样喝水
渴求
迷糊
算不清楚
爱之迷途
如果我现在离开
在帕米尔高原
七座雪山之间
跳进神秘的鹰之洞穴
我就会被冻住
像个预言
每年冬天
在初雪时
出现一次

"当我……"

当我死时
我会变成一小撮灰
当然我现在不是

我正热烈地大口吃肉
像个猎人一样横穿广袤的森林
这个时候先人们的死亡
显得那样厚重
重重叠叠
摸不透的
秋天的风

风　景

孩子和老人
坐在一起
好似黄沙伴随矮松
这是亘古的风景
浩瀚星球

山　西

山西最不缺的是山
就像河里最不缺的是鱼
我的脚步随着日落
往西北迁徙
天却一直黑下去
直到河水更明

杨角 的诗

YANG JIAO

十个字

警察诗人马前卒走了，
其亲友嘱我写一副挽联。
冷却的岁月一下子
化作滚烫的泪水。
我沉思半晌，得句两行：
诗坛追李白
警营塑岳飞

寻方记

公园里，虎如懒猫。
阳光塌方式沦陷。
老虎不动，空有一地假山，
那些水池也白白养了一片天空。
那日从公园归来，我向
武松讨教，该怎样激活一条
锦衣玉食的大虫？
他酒过三巡，只复我两句：
骑在老虎背上；再点燃
一挂鞭炮。

问药记

流水因灯火患上妄想症
它一直想趁夜色将灯火带走
愿望却一次次落空
流水潺潺，只是病症加深的表征
灯火联手一座城市，以倒影
以化身应对流水的纠缠
有时很想问问李白，从浪漫主义角度
那座水中虚幻的城市
是否是人间在梦中的样子
流水确实被灯火迷住了
而那些倒影和化身
又是否是神仙开给流水的解药

煎药师

与药材打了一辈子交道
落下一张丹砂脸

手大如扇，如瓦罐
在药雾缭绕和文火的炙烤中
十指带毒
再尿性的接骨草、一支箭、马钱子
到他手里都只剩共性
没了个性

后来他改行写诗
铁笔形同手指，句句砒霜
字字冰刺

苦谏词

我一直主张：
让动植物活在自己的本性里
才是对的
比如马钱子——这中药里的杀手

不能让它混同于灵芝
混同于起死回生的神医和悬崖上的天使
这样，既有辱杀手名声
又毁了神医前程，还欠下一条人命
……乾坤朗朗，所以我
一直主张：医生可以是赤脚的
但杀手必须亮证

中药里的故乡

这里有我的软肋，也有硬伤
有杀骨草，也有止痛散
群山如暗疾，长成一个个土包
数不清的山路青筋一样鼓在额上
一条小河是她的动脉血管
早晨负气出走的人到夜里都要回来
月亮是祖传的定心丸
我是她的弃婴，也是她的养子
是她体内阴魂不散的结石
这世上最难写的是中药里的故乡
在这里，有我苦蒿一样的父辈
酸涩如一枚柠檬的童年
每株小草都是我的转角亲
每一棵大树，都是我的保护伞

太远的蓝

一场感冒起来
冬天的四川，也能看见蓝天
那种蓝是小面积的
是淡淡的阳光轻轻一抹留下来的
没有飞行器，也没有
鹰和麻雀的叨扰
近似于安定片和退烧药

在"病来如山倒，病去如抽丝"的人间
那种蓝，因为太远而
无法定义。关键是蓝的旁边

还站着一大片白
白色越看越高，蓝色越看越深
一个如雪山，一个似大海

黄昏的火车

在大溪口铁路桥
一列火车正从那里经过
每天散步至此，我总要停下来
看落日赶来送行，看铁路边的芒花
集体消隐于一次挥手中
有时到得晚了，火车已经开走
我会在风中站一会儿
等铁轨的光，由强到弱，渐渐
融入远方的灯火
在这不断暗下来的人间
一列火车，可以带走一个人
对黄昏的所有想象

难　事

所谓白云上划船
风眼里掌灯

所谓沙滩上建城堡
去流水中舞蹈

这些都是人间难事
昨夜梦里，我借一双翅膀

遇见一群高人。他们
差雨滴弹琴，落叶上睡觉

男女老幼赶着闪电奔跑
后来我醒于

一声鸡啼
一首绝世之诗，也胎死腹中

蓝石 的诗

LAN SHI

一棵尖叫的树

一个痛苦的人有权利尖叫
这话是阿多诺说的
一个真正痛苦的人
他也有权利选择不尖叫
他把愤懑压在心里
或化作徐徐之气
悄然吐出
或生根发芽
长成参天大树
他在街上行走
每个人看到的
都是一棵
走动的树
人们只是好奇
但不会想到
这是一棵
正在发出
尖叫的树

玫瑰

玫瑰长出翅膀
不是为了
飞翔

而是为了
团聚
此时的南方
正是梅雨季节
玫瑰落在哪里
那里的人就手捧玫瑰
拥抱亲吻
喜极而泣
之后
玫瑰又出现在天上
人们
与玫瑰挥别
继续赶路
至于去哪儿
已经不重要了

等杏花

你站在溪水边
望着流淌的溪水
不远的高处，有一棵杏树
正是开花的季节
溪水清澈
鹅卵石潜伏在不深的地方
小小的鱼甩了甩尾巴
你在等一朵杏花
飘过来

要有光

正是一天之中最冷
最黑的时候
那个令人沮丧的冬天
我每天不得不早早
出门
浑身瑟瑟发抖
母亲披着棉袄
手中的手电筒

光柱
也在抖
那是只铁路专用的手电筒
能照出很远很远
路上的冷霜
和漆黑的夜空
构成我
整个晃动的冬天

在墓地

墓地安静
有风吹过
冷冷的，缓缓的
鸟在头顶上方婉转鸣唱
我的影子挡住了父母的名字
我小心移步，避开
让阳光充分晒落在墓碑上
晒落在他们的名字上
让整个墓碑看上去暖融融的
我双手合十
轻闭双目
眼前出现橘红的暖色调
很像老电影的画面
我想起父母生前的一些故事
想的都是
温暖的故事

痛苦比赛

两个交换过痛苦的女人
如释重负
紧紧相拥在一起
一个心想
她的痛苦
比我要深一些
也重一些
眼泪便顺畅地

流下来
另一个
仿佛感知到了什么
适时地
止住泪水
并告诫自己
绝不允许
在对方面前
哭出声

但总坐在河边

一个不喜欢钓鱼的人
总是坐在河边
他的忧伤
显而易见
河里有许多秘密
他不曾知晓
也不想知晓
他在河面上
看见自己的影子
像水里活着的
另一个自己
上不了岸
又不能
远离水的诱惑

有果树的院子

春天，杏花总是开得最早
果实也结得最早
院子里，还种了梨树石榴苹果樱桃核桃山楂
养了鸡鹅，还有个小池塘、葡萄架
朋友们在院子里烧烤喝酒
在玻璃房弹琴唱歌
三年前，一夜之间
被拆成废墟
就再没回去过

昨天友人发来此照
我在夜里
回忆那些果树所处的位置
又把不满意的
在心里移植一遍
感觉很累，出了一身的汗
我梦见，我在果树间放平身体
阳光正好
果子掉下来
砸在我身上
又在地上，弹了几弹

贺中 的诗

.

日喀则

宝贝之地！那座庞大的金庙
忽然进入越野车窗，在庄园温暖的夕光中
引动一阵热泪——

——大群白鸽子刚好擦过市区上空的蓝云

诗 歌

我死了的灵能否在春天的泥巴中醒来
这的确是个问题！
刀子一样的诗歌
我只要你跟随，只要你跟随生命的铜锣

拉 萨

高高在上的拉萨，像我手持的经书
滑下一座座废墟和往昔的桑烟
——我是个萎靡的人，迈步向前的很多日子
并没有体会神的存在、神的伟大

喜马拉雅山脉

你弯曲的脊背反射着雪的光芒
巨大的影子笼盖田野。夜晚降临
天和地浑然一体，我蜷缩在帐篷
发现自己小过牧羊人
眸子里的一粒尘埃

我照样是当代的一粒子弹

我照样是当代的一粒子弹，自己的一颗星星
射向幽暗、丰饶的旧式天地
如同冰雪，如同跨越黑色镜面的白银骑士
穿透雨夜草原，挥鞭打落
朵朵疯狂生长中的奇葩

你离去的蹄声

黑色黄昏，你离去的蹄声
怎么在我头顶回旋——
通过午夜的放生羊
你的银铃铠敲打着梦中窗户

风

是一阵灰！被羌塘高地的骑手
赶下了马背。同时，你是难言之美
被无数逝者的眼睛深深笼罩

龙　达

我常常看到你：飘动的彩云
每到渡口、关隘、山尖这些艰险之地
我常常看到你——
从古驿站望过去：河谷被你的猎猎响声震惊

山居随记

乌鸦一样的油灯
泄下牛毛纷繁的光芒
——远处传来阵阵狼嗥
月亮：你冰凉的翅翼盖住婴孩啼哭

我在寻找喜欢的路上

我不喜欢风把青冈林翻成几页旧报纸
我不喜欢云拖着低音滑向虚无
我不喜欢山昂起的头颅刺穿蓝天
我不喜欢河流玩转迷茫的时间——
我喜欢的实在不多——
也许，我在寻找喜欢的路上

深　夜

深夜，蟋蟀的奔跑震醒了
一池死水。深夜
蚂蚁的喊话令我起身
土层中。还有更多的倾听者
敲响了雪野的铜鼓

这只杯子太大了

这只杯子太大，我只有一个
你的喉咙咕哝
我的到处咕哝

你的光亮是折叠的声音
山上的人：我是你的器具
河水斜斜穿越
你的肩头落满小鸟

远远地靠近你

寺庙呵，细雨飘飘
我心中盛开花朵
天空的中央，一团黑影
盖住帐篷下的歌吟者

就是此刻，我接受四方的
女子：她们星星的眼睛
拿走我残存的肢体
夏日的午后，你或者我
——还能生出什么

我就是这样，一直是这样

潘洗尘 的诗
PAN XICHEN

患得患失与悲从中来

出来半个月突然想
录一段自己的视频发回家
用大屏幕放给毛孩子们看

视频发出后又担心毛孩子们
没有那么想我
放视频时还要一个个
抓它们来看

转念平时在家跟它们聊天
倒是听得认真　还时有互动
也就安心了

但等真的看到它们聚在一起
收看自己的视频时又突然
悲从中来——
这分明就是自己
告别仪式的预演

去南京

作为一个高铁爱好者
这几年　坐一次火车不容易
尤其在我崇山峻岭

高铁比绿皮车也快不了多少的
云贵川
能坐一次复兴号
就更难

索性就踏踏实实地睡
如果南京醒不来
那就去银川

仿佛一生就只有这三天三夜

用三天三夜的时间
找一个熟悉的城市
找一家熟悉的酒店
找一间熟悉的餐馆
然后关掉所有通信设备
除了定好闹钟吃饭
剩下的时间都用来睡觉
直吃到忘了昨天
直睡到没有明天
仿佛一生　就只有这
三天三夜

天堂的样子

如果仅仅是风花雪月
我不会跟你谈大理

如果你说到云
这才接近大理的灵魂

因为这是一个
天主按照天堂的样子
造出来的地方

可不可以带走一片云彩

生活多么美好
仿佛看不见波谲云诡
更看不见暗流涌动

这是我曾想埋骨的地方
在艳阳下
在樱桃树下

也许若干年后
想起你山水间的风云际会
和我内心的云淡风轻
我依然会热泪盈眶

但我也许只属于北方
那个寒风刺骨白雪皑皑的小村
在一个不用担心
农村包围城市的时代
它是那么的辽阔
辽阔得可以容得下
一粒微尘

在杜甫草堂读诗

冬日午后的草堂
在杜甫的塑像前读诗
老人的眼神
穿过千年之前的大唐
凝视当下　寒气逼人
尽管我不习惯鞠躬
但也不敢用早已挺不直的脊梁
背对他
可仅凭口中呵出的
那一点点热气
又怎么能唤得醒纸上
僵硬的　失了风骨的词语

于是我只有像罪犯一样
仓皇地逃离

大雪之夜

这世界真的是太冷了
太冷了

我在想　是不是以后
也要写一些
温暖的诗

写诗有什么用

经常被人问起
诗歌有什么用
我知道这个问题
怎么回答都没有用
作为诗人　我更愿意说说
写诗有什么用

哎　其实写诗有什么用
也还是说不清
我只知道自己如果不写诗
就不可能安然度过手术后的
五年生存期
如果不写诗也就不可能
熬过母亲离世后的那段日子
想想这些年自己不论遇到多大的困难
蒙受多大的损失
只要能写出一首
让自己和朋友们满意的诗
就觉得一切都无所谓了

如果读到这儿　你还是不明白
写诗到底有什么用
那我就再告诉你一遍：
如果不写诗

我就不可能选择在这
漫长的漫长的漫长的黎明前的
黑暗中
继续熬下去

这些年

我在春天用瑟瑟发抖的手
写下立冬　写下小雪

我在夏天用瑟瑟发抖的手
写下大雪　写下冬至

我在秋天用瑟瑟发抖的手
写下小寒　写下大寒

冬天来了我又用瑟瑟发抖的手
捂着胸口　写下寒冷的诗

高星 的诗

GAO XING

2023年，凤栖梧书店搬到了东岗西路

马寅桦把书架垒得高不可攀，像一串串红柳棍棍
我买了一本荣新江的《从张骞到马可·波罗》
蓝色的封面，怎么也不像丝绸之路的风光
他一会儿讲佛法的传入，一会儿讲纸的流行
一会儿讲兰亭序的模拓与东西回鹘的中转贸易
我是一个讲顺序和条理的人，如果我来写
就会按时间从古到今，按地点由东到西
或者按人物故事、物产、宗教的分门别类
就像我现在的行进，有条不紊
长城是一条线，黄河是一条线
丝绸之路、河西走廊、还有312国道

1937年，顾颉刚在街上吃了一碗羊肉泡馍

雪花聚集的毡衣，冰块敲打着玉石
玫瑰或罂粟染红的黄土高原，只有麦子金黄
桃花露水的新娘，还有什么比风还轻
庄浪河系着一条丝绸的开端，路上全是行人
臊子汤浇上糜面疙瘩，石榴的肉丁在碗边奔跑
燕麦蔓延的屋宇，鸽翎就寝的茶马厅
陶片是令居古城的蛛丝马迹，想象是一道打开又关上的城门

1938年，在乌鞘岭建立气象站

人往高处走，何况是霍去病张骞玄奘
山顶银色的牙齿咬住盛夏的晚霞，寒气依然砭骨
金强河和长城一路追着黄河，石头是绿色的
气象站里现代化仪器，白花花的如恐龙的化石
只需要3个值守人倒班，不够凑手打麻将
闲得躺着都嫌床长，缺氧不缺精神
来自民勤的李玉学，他媳妇在家很现实
放羊的牧民是他每天见到的外人，今天吃的什么
气象站的老照片里有姑娘在拉手风琴，意气风发
我问他休息时干什么？他说玩微信或者看看书
我看见屋里有一本《百年孤独》，他说看不进去

1377年，江亨修缮城池，以水名改"和戎"为"古浪"

沙枣儿落在沙坡上，果花儿漂在水上
贴心的话记在肝肺上，心花儿开在脸上
杏子脱裤子，收拾种谷子
杏子塞鼻子，收拾种糜子
王朔在《竹书》中说，挑柴的樵夫刚得了抑郁
没工夫治理天下，天下当然很重要
台子村王克俭家祖传的镰刀，惊恐蝗虫的门牙
苜蓿花向着马嘴，葡萄酒洒在沙丘
城里的人香烟无味，在西边才想起狼烟、孤烟和寒烟

1601年，在芦阳黄河岸边建索桥渡口

放羊的卫青，娶了平阳公主为妻
他在渡河的羊皮筏子上，洒落一地黄金
所有的历史都被称为开端，时间被扎进绳索
芨芨草韧性强、耐腐蚀，党项语叫迭烈逊
浮桥迎来送往商贾的喧嚣，酒肆里笑语欢歌
上岸的驼队驮着莜麦、荞麦，还有对面的山影
五座旗墩如黑色的印章，按住倒塌的墙壁
一半边城的烟火，一半古渡的烟雨

2003年，刘润和在书序中说民勤是河西走廊抛出的一只水罐

红崖山是苏武的披衣，梭梭是苏武的胡须
石羊河是苏武的牧羊鞭，家家门楼上都有花枝招展
左手握着祁连山的雪，右手握着巴丹吉林和腾格里的沙
中间的肺叶是绿洲，惊奇的叫锅锅爷
《镇番遗事历鉴》的引言活灵活现，秋八月，麻雀成灾
冬日奇寒，无牢之畜闻有冻死者，红沙梁窝铺冻死三牧人
抱得男婴，方头阔面，健臂肥腿，淑女良妇不能孕此种
大麦，有白、黑二种，白者可食，饲马尤佳，黑者入药
萋萋秋草，漠漠春烟。冬则烈风飘霰，夏则雷电腾
言语再多再密，也就是那几粒沙

1958年，地质队长汤中立在河西堡发现一块孔雀石

孔雀石是一种碳酸盐矿物，主要成分为$Cu_2(OH)_2CO_3$，其中CuO质量分数
71.9%，CO_2质量分数19.9%，H2O质量分数8.15%。成分中含有锌（可达
12%）；还含有Ca、Fe、Si、Ti、Na、Pb、Mn、V等元素。孔雀石颜色深绿
到鲜艳绿（孔雀绿）。常有纹带，丝绢光泽或玻璃光泽，半透明至不透明。
性脆，硬度3.5-4.5，相对密度3.54-4.1
沙里沙，沙里沙，沙里没土长不下；土里土，土里土，土里没沙白受苦

1981年，岑仲勉在《汉书西域传地里校释》书中提出
"月氏"应读"肉支"

老上单于大败月氏，以月王的头颅为饮酒的爵器
灵魂在沉醉中吞咽，胡子上爬满蚂蚁
月氏西迁伊犁河、伊塞克湖，拖泥带水
建立贵霜帝国，号称大月氏
残众投奔祁连山，服属乌孙，号称小月氏
引起汉武帝派张骞出使西域，开辟丝绸之路
班超额头如燕，他扔下笔，驾驭金戈铁马
使者的礼物有猛虎、大鸟，蚺蛇、巨龟
东去的驼铃咬住黎明的彩云，西来的马尾打扫夕阳
黑水国的黑夜有一弯月，像公主施粉的脖颈弥
牧羊人不知回家的路，梦见一个九道门的宫殿
桌上摆着一个金月亮，像一枚金币有两个面
风沙埋没了所有一切，他再也没找到方向

399年，法显遇见智严、慧简、僧绍、宝云、僧景五人，一起西行

河西的古诗，写的都是疆场征战，追思怀古
我更喜欢民间的俗语和胡扯的白话
米山面岭、油缸醋井、悬羊擂鼓、饿马摇铃
胭脂堡让焉支山失去了颜色，红崖堡早霞惊着了喜鹊
晾晒泡湿的经卷，辘轳堵住的暖泉
麦子捋着云彩，高粱割破手指
南门猪皮补皮裤，北门鸭皮补抹布
三对牛犁了九架，瓜秧长了丈八，结了斗大的西瓜

诗歌地理
Poets Geography

刘云峰　新世纪荆门诗歌：崛起与突围
荆门诗人作品选
韩少君　张作梗　余秀华　谢山　鲁海兵
胡不言　周平林　黄旭升　鲍秋菊　王芗远等

刘云峰

新世纪荆门诗歌：崛起与突围

新时期湖北现代诗歌地理版图中，荆门诗歌一直都是一个高地，正是从这里出发，走出了当年"大学生诗歌"代表诗人之一的程宝林、鲁迅文学奖获得者张执浩、轰动诗坛的女诗人余秀华、在故乡和他乡往来穿梭的诗人张作梗、曾经的"少年诗人"王芗远等；而几十年坚守本土成绩斐然者，尚有韩少君、周平林、黄旭升、谢山等诗人，以及年轻的鲍秋菊、王束欣等。荆门诗歌数十年如一日的静水流深，终于绽放出夺目的绚烂之花。

本次《汉诗》荆门专辑所选，多为生于斯长于斯的本土诗人，地域经验也就成为书写的一个重要维度：汉水、莫愁湖、圣境山、仙女山、明显陵、弹舌音、蟠龙菜……是诗人笔下常见的意象。而地处荆门、宜昌、襄阳三市交界处的漳河水库，作为全国第八大人工湖，更是魅力无穷。诗人们不约而同地写到了漳河，写它的今与昔，写桃花水母，其中韩少君的《漳河纪》颇有深度。十万泥人，如此壮观的场面，一座木桥的垮塌投下了挥之不去的阴影。"水草摇曳，唯有水母灿若星辰／唯有穷人的石碾子／和表姐的衣裤，还／沉在水底"，诗人抚今追昔，写出了历史之重和回忆之轻。"表姐的衣裤"意象的凸现，是需要才气与魄力的。韩少君近些年的写作包容性愈来愈强，致力于打通古今，亦不执着于口语、书面语之分，此诗结尾引《左传》、化用易安词，就是很好的例子。

与韩少君同时开始诗歌创作且相互砥砺的有周平林、黄旭升、谢山等。周平林善于营造一种宁静温馨的意境，喜欢在具象和抽象间进行诗意的转换。他选择的意象小而轻、静，其诗总体上构成了一种柔婉的风格。黄旭升的诗写时代巨变中乡村经验，偏于叙述，《红土矿》写仙女山的变迁，忧愤深广。谢山习惯在日常中采掘诗意，平实中构建自己独特的现代诗歌美学。"霓为衣兮风为马，云之君兮纷纷而来下"，读诗人张作梗，总会莫名其妙想起这句诗。张作梗，京山人，半生居广陵，偶与荆门诗人相往还。这位"云之君"有着一头飘逸的秀发和粗壮的筋骨，他左手承露右手执笔，危坐云端写诗，偶尔低下头来掬一捧黄尘清水，他写落日："但它一定用另外一种非接触的方式／吸过我的血——／／一定在我弯腰系鞋带的时候，冒充沙子／爬进过我的鞋中——"，把落日写得如此残忍又如此亲切、顽皮。这几位诗人，包括辑中另外一些 60 年代出生的诗人，与韩少君、张作梗一起，构成了新时期以来荆门诗歌的中坚。

八年前，一个名字高高飞起，那么美，连空气都为之震颤，连同横店这座村庄。与其他同样固守乡土的诗人不同，余秀华只是恰好背负了横店这层壳，她并非要为一个虚无之壳树碑立传，因她所有的倔强，所有的奋飞，全为了一个残忍的梦。爱情、亲情、岁月是她永恒的伤口，她以文字喂养之。"她还是想再试一次：从黄昏里取出一个黎明／从黄连里取出一个苹果／从白发里取出一个少女／站到他面前"，她的文字总能深深触动我们脆弱的神经。更可贵的是作为一个诗人，其散文、小说也毫不逊色，可谓诗文兼擅。同样诗文兼擅者，还有胡不言（胡国兵）。胡不言小说散文外，也偶有评论，其创作呈多点开花之势。他的诗体制短小。《你的名字》写相思，重峦叠嶂，真所谓剪不断、理还乱；才下眉头，却上心头。《小令》借用比兴手法，类乎"蒹葭苍苍，白露为霜。所谓伊人，在水一方"，把一段微妙的情事写得古典、唯美，却不着痕迹，全是崭新的白话。同样生于70年代的鲍秋菊舍弃心爱的画笔，一心只要做诗人，并很快获得了声名。她能走到今天，全因与生俱来的诗人气质与禀赋，"你知道，一个诗人，即便他丢失了身份／他还是诗人的身体，诗人的心灵"。近来她的诗逐渐挣脱性别的怀抱，走向开阔与幽深。

作为95后年轻一代，王束欣的诗几乎是以肉眼可见的速度在提升。良好的语言天赋加上后天的努力是其成功的法宝。犹记得几年前，谋生之余，她每天必更新微信公众号，风雨无阻，这份勤奋与执着常令我辈赧颜。天然的神秘感、自带的童话色彩、跳跃的想象力赋予其诗很高的辨识度，这集中体现在《下雨了》一诗中：醒着的我，奔驰的汽车，橘红色的药丸，孩子，乌鸦喝水，捡石头，掉落的羽毛……像一段默片，一个梦，孩子的梦。《苍南县》短短三句给人以极大的想象和回味的空间。而更年轻的王芗远也以寥寥三句印证了一首短诗是如何经得起反复阅读的。《湖泊在大柴旦自己说：》作于八月青海之行："什么都已经模糊，嘴唇守着最后的秘密。／关节炎，一簇矮花。／我离天堂有两公分。"这首诗，神秘感、跳跃性、时空意识都有了。在他的笔下，"似乎一动不动的草木也在热恋"，"在腿上盘坐的有可能已坐了万亿劫"。他不少作品意象的呈现仿佛不是线性的、时间的、逐字逐句的，而是立体的、空间的、火树银花的、炸裂似的。他写的多是意识深处一些更永恒的东西。

本辑所选40位诗人作品，不少都值得细细点评，包括欧郑文榜、欧阳国慧、张德宏等50年代出生的老诗人，他们是荆门诗歌的先行者。还有未被纳入辑中但曾经在这块土地书写深情的诗人胡鸿、曾静平、熊红、张莹、牧南、杨咏清等，正是他们的坚持，共同促成了新世纪荆门现代诗歌的热闹与繁荣。让荆门成为湖北乃至全国有相当影响力的诗歌高地。要言之，新世纪以来，荆门诗歌的特点是：60后诗人状态稳定；70后异军突起，浩浩荡荡；90后未来可期，新人辈出。从代际上看，80后是荆门诗歌链条上薄弱的一环，代表诗人寥寥，这也许是荆门诗歌需要突围的困境之一，期待更多青年实力诗人的出现。困境之二，影响的焦虑。荆门诗歌现有的高标能否超越，如何超越？这既涉及诗写本身的问题，也极大地考验诗人的心态。从创作的角度，主要还是独立解决"写什么"和"怎么写"的问题，避免同质化倾向，缺乏辨识度，是写作者的大忌。

新世纪以来，"诗歌地理"受到了研究者的广泛关注，"地域＋诗群"的命名方式很多时候简单而且有效。在本文的写作过程中，"荆门诗群"这四个字不停地在笔者脑海中闪烁。诗歌与特定的地域、文化的关系，实在是一个复杂的问题。而且，荆门更多的是沉潜型诗人，各自依照自己的性情禀赋与诗歌观念不动声色地写作，这就不得不谈到荆门的历史。荆门是一个年轻的城市，1983年升为省直辖市，辖东宝、沙洋，1996年，原属荆州的京山、钟祥始划归荆门。因此，在新世纪前，这几个主要行政区划之间诗人的联系，其实不多，各地的文学交流主要依托本地刊物《作家林》《莫愁湖》《京山文艺》（《京山文学》的前身）等，这些刊物仅从名字上看就体现了鲜明的地域性。论坛时代，"弹舌音""栖居地"等文学网站才打破地域的限制，将各地的诗人们汇集在一起，余秀华就是在弹舌音论坛上获得了最初的声名，也是这个论坛，诞生了最早的余秀华诗歌评论。纸质出版物，各地晚报、日报、刊物外，值得一提的是韩少君主持过的《诗歌月刊》"先锋时刻"栏目，好几位荆门诗人就是由此登上这家著名诗歌刊物的；2008年创办的《汉诗》，对荆门诗歌更是倾注了极大的热情，荆门诗人获得了更多的学习与交流的平台。总之，网络论坛和纸媒一起，为新世纪荆门诗歌的迅速崛起打下了坚实的基础。

荆门诗人作品选

韩少君 的 诗

漳河纪

一条被时间刻录的河流
稳定在两山之间，十万泥人
摇晃，止于一架木桥，止于
清明前一片片返青的树叶
火光与汽灯成了
群山万壑中深沉的纪念。
往事从水中钻出——
冒着气泡，生锈，脱落
解放，朽而不腐。
游轮划过，唯有河水"绿入蓝"
水草摇曳，唯有水母灿若星辰
唯有穷人的石碾子
和表姐的衣裤，还
沉在水底，斯人在此
呜呼，伟大的民工
大坝上，春晖焕然
河水更为明澈，借一棵
侧柏的阴凉，软绵的舌头
凑在一起，诵读《左传》：
"江汉沮漳，楚之望也"
老迈的汉语随即走出
落日熔金，酒朋诗侣
在此，听人笑语。

在九龙谷，揖岫，饮酒

一个人可以来到半山腰。
一个人揖岫,弯下发炎的双腿。
我的孩子是一个人,她也会这样做。
一个人有几个朴拙的同乡,几个
木匠，他们一边抽烟,一边推着铁刨子
他们要在这里建造神仙。
一个人看见一群老人前来致敬
他们喘着气,绕一大截平路
那个剃光了胡须的老头,甚至
扔下了外套，他们是群众
倘若致敬,也无帽可脱。一个人

有粗短的后颈，用来接受山谷的凉气。
一个人可以这样说话："四十年前，
我失去了自己的老家。"一个人
听见杜鹃鸟叫，昨晚叫了，今晚还叫。
但一个人，不能饮酒。深夜了
吃菠菜的人要吃土菠菜，饮酒
须二三人,饮酒只饮槽房里的浊酒。

这一天，7月19

气温再次蹿过40摄氏度，眺望世界
整个地球都在发热，我靠
一根黄瓜、一根丝瓜、两颗
黄桃，度过了一天
7月19，基辛格博士的飞机
100次，降落在北京首都机场
晚八点，白天的光芒完全消失
我下楼，走到小区中间的
水坑边，蒿丛中的两只
小鸭子，让我一下子安静了下来

落　日

张作梗 的诗

1

"落日中有远见。"也许还有达观和
希望。曾经，我视之为畏途
风急浪高，仿佛一个行走的漩涡

现在它像一只水蛭，拖着红色的身体
自众生头顶
平静地游向远方

但它一定用另外一种非接触的方式
吸过我的血——

一定在我弯腰系鞋带的时候，冒充沙子
爬进过我的鞋中——

2

我从不用春天来唤醒枯树
也不用它开辟通往蝴蝶的道路

落日滚过城市、群山、江河、湖泊和我
——多么威严的仪式

不一会儿
传来暮色巨大而肃穆的回声

3

纯净的坠落，像一阕咏叹调

不可能停止
不可能在半途上，去树林内部逗留一下

这是一幅演绎消殒的
经典标本：
从自身到万物
从独迈天空，到彻底隐退

然而尘世不会就此沦陷

——尽管它是白昼唯一的终结者

夜色弥漫，像天使温柔的翅膀
抱孵着地球。

太空流浪猫

有人从天上带回一只流浪猫
——这是第一只太空流浪猫
然而它的基因被云团锁着
无人知晓它来自何处
有人用望远镜朝它发灰的瞳孔里望
啊一个微宇宙
里面似乎下着雨

一个用奇怪的程序组装而成的线团
有人从它窥见了自己的命运
它很少嘶叫，就像我们
习惯了恒久的沉默
在它下雨的瞳孔中，我们慢慢
退到多年后，惊异地打量着
此刻之我

"我是猫——"，夏目漱石说
此后一个多世纪，时间不过是我们
掷向天空的一颗颗石子
唯一的目的就是砸到那只流浪猫
并把它带回地球

困难有它的坚韧性
但"当下"更喜欢一意孤行。从天上
带回的流浪猫，卡在现实与
幻觉之间，静如残月
既不是困难，也不是当下

"一个悬而未决的
形而上的东西。"有人幻想在荒野

展览这只猫。有人用脑袋将猫
带回实验室，开始了对其
幻觉尸体的解剖。

黄　昏

细雨落在他白色的伞上
黄昏落到他白T恤上，落到他皮肤上
他在读一个女诗人的诗《黄昏》
黄金般的声音渗出薄雾般的暮色

远方的女人在窗口看乌鸦飞过
她的掌心在疼。一个名字还是不能握得太紧
不然她的掌纹会被划得
更加错综复杂

喝醉了，她还在看着他
院子里的金银花都变黄了
——他怎么可以把一个人的黄昏
当成矿场呢

她还是想再试一次：从黄昏里取出一个黎明
从黄连里取出一个苹果
从白发里取出一个少女
站到他面前

我不知道如何爱你

我不知道如何爱你，茉莉凋零在枝头
它们蜷缩的样子像拔完了身体里的刺
午后的阳光真好，像老虎吐出的呼啸

遇见你以后，我一块块拼凑自己
我想从碎瓷还原成瓷罐
我想那一黑一白的两条鱼回到我身上

雨停后，麻雀的翅膀里有蓝色的风声
你不会忘记那个血肉模糊的夜晚
你不会忘记满天星宿倒灌，鱼渴死在水里

你总是试图触碰那根刺，那道疤，那个图腾
有时候我把他放到你手里
让你鞭打我

我把哭泣都化成了笑声，化成了烈酒
当晚霞升起
我以为有一个未来在等

等你年暮，等你走不动路
等你看不清万物，看不清我
等我忘记了他，也忘记我怎样毫无保留地爱过

写诗的时刻

那将是怎样的荣光：多少年后我扶着你
一步一步走下漫长的台阶，枯草漫过了你的鞋
我过于熟悉你了，你痛风的脚
你在中年里就留下来的艾叶一样的苦味
被夕阳照出温柔的光

而现在，我给你写的实在是多了
它们把我推到你的身边，又把我带走
我想一步一步和你走下漫长的台阶
看梧桐树的叶子一天天变大，再一天天变黄
一万步，一百万步

在这期间，死亡像一枚果子诱惑着我
但是我知道它谁也裹不住
——那些激荡的折磨，是爱的幽暗
它危险得如同化学品
从枕头下拿出来就会要了命

我想那时候，我才能明白
我此刻所写是为何物

那些明朝的雪花依然在漫天飞舞

一切都在飞
这些雪花从明朝的天空飞到了现在
静静地，轻轻地
让人们慢慢想起
一些断断续续的往事

无声地承受。石人石马拥着神道
向岁月深处走去
大明塘四季清澈，像镜子
漫天飞舞雪花中
一个朝代，挥了挥衣袖

所有的风都呼啸而过
所有的城墙都是一种历史
而历史仍在水火交融的现实中悄然向前延伸

一如明朝的那些雪花
依然在今天的时空中翩翩起舞

孤傲的塔黄

迎着夕阳，盛开一世的孤傲
金灿灿的宝塔
成为喜马拉雅山脉
独有的神往

从不畏惧荒凉和孤单
生命的怒放，本就无须
众多的鼓掌

几十年如一日
塔黄静静地生长，绽放
凋零，再重归自然

大山和阳光
星星和月亮
还有一直仰望的小草
看着就十分美好

一滴水，击穿所有关系

有些关系，已别无选择
除了再见，只有尘封
但地球上的每一滴水
都不会消失

比如，水伴随我们终生
包括孤独
水伴随着花儿盛开和凋零
水伴随历史车轮滚滚向前
每一段历史终结，一段新的历史
又会风生水起

而每一次新生，都少不了水的滋养
包括破土而出的新芽
包括所有枝头嫩绿的新叶

原本，水比世间所有的关系
都要深刻，恒久

生命中的铁

有时，在一个健康的生命体中
你可能只是那三、四克
而一旦失去，则危机四伏

我开始猜想，你究竟是怎样
进入了我们的血液和生命
一次相遇或千年等待
是思念，亦可能风化

站在超新星遗址公园上，人类文明
已别无选择
除了相互激励彼此成就
就是保护好
生命中的铁和血性

鲁海兵 的诗

陶 罐

在屈家岭遗址博物馆，一只陶罐
破损，有裂纹，被考古学家修补，复原
有几块找不见了，在另外一处
那才是完美的，证明某种珍爱过的事物
如今已遭瓦解。但是残缺的部分
依然让人着迷。它预示着
这块土地上，它和瓮、鼎、盉、锛、钺
一起，盛水，蒸饭，会盟，狩猎，祭祀
构成先民的四季三餐。想一想
那时候人们尚没有学会虚饰，
简单，诚恳，朴实，初具生活的雏形
又显现本质的光泽
一只陶罐，被水充满
晃动一个时代的水声
即使修旧如旧，却有隔世之叹

圣境山随想

必须有一大片晚霞
才能把千山苍翠映红

但是只要一小阵风
就能染绿一万根草

在圣境山，风力发电的三叶轮在转动
每座山头，都立着一只古老的时钟

有的转得快，有的转得慢
像天幕放着年代久远的电影

唯有我们驻足的山峰，三叶轮静止不动
仿佛人间的故事还没有开头

神去了哪里，在天空之上
图画的颜色好像提拉米苏

嗯，是的，提拉米苏
神啊，请记住我，带我走

春 雨

那是落雨了
和天色突然明亮，闪电将奔跑的人
赶进屋檐下不一样，这是一场春雨
一场春雨，总是悄无声息打湿鲜艳的事物
从看不见的远方，递来迢迢青山和一树花枝
那是生活，赐予你的初春

一场雨落下，或曾经落下
你立在门柱前，屋内的光线转暗了
你甚至看见，不止一场雨
落在四十年开外
交织在郊野、屋顶和被遗弃的庭院
洗亮葡萄架下的瓜秧
和过于清瘦少年的脸

在雨中，爸爸回来了
带回烟叶的气息和铁锹的响动
对于一个消逝多年的人，他的身子很轻
他的雨披没被淋湿，裤脚也没沾上泥土

胡不言 的诗

挑　水

撩开水草
把最清的水挑回家
木桶里好像什么都没有
却有水溅出来

扁担弯成一张弓
马上就要把你射出去
好在这一担沉重的虚空
一直将你紧紧拽住

今天，你又挑一担水回去
水缸里的你
早已浑浊不清

疼

疼，必须用肉体养着
有一天你端来给我看
我说看不见啊
你就用针挑出一头来
你说看啊，有点细长
还长着尖锐的牙齿
你说还有更大的一头哩
你用一个疾病拴住它
果然是好大的疼啊
像一头野猪
在肉体里拱来拱去
我问，还有吗
你说有啊，你倒出
一段小小的缘分
这回，我看到了我自己

你的名字

合拢翅膀，接下来要做的是
迅速忘记那几个字的门牌，和村庄
你锁紧自己，像没人一样
让房子待在半空中
你不再想那几个字，也不管
太阳从东边还是从西边升起
你不阅读，不吃喝
一整天，都把自己埋进肉体
直到想说话的时候，才蓦然发现
那几个字的读音，又歇在
另一件物体上

小　令

夏天就要到了
樟树全部换上了新的叶子
我忍不住多看了你几眼
白底浅花，刚刚过膝
适合这个季节的风吹
也适合空气中弥漫的樟油香

一些白露

上午，去年的连翘仍在睡眠
我如往常出现在太阳面前。
那些包浆过的药引
不久又将被咳嗽繁衍。

下午，一阵飞蝇一阵雨，上年纪的人
说是上河渠走走麦城
其实，是对着局部的田野和过客静静出神。

晚间有人把花刻在戒指上
是让湿漉漉的开放，出现在刻意的凌晨。

今年，一些极少用的汉字
占据乡音时非常苦涩
而一整天我总是错把当铺写成药店
问题是，那些已经忘记的坚果
却静静地生长在问题里。

惊　蛰

睡着的人，用指尖触摸
树底下柔软的背。虫，鸣起
并且是温柔地颤动。
它们受到惊崇，向上一次，又一次急呼
关了许久的城郭醒来。

瓦砾下，它们随意地弹奏着风
如同斯人敏感的手指
摸索逝去的边缘。

远处，是城郭的外形，是起伏的山
是念过书的厚度。
它们浮在凌晨两点，一声或两声
都是季节的叹。

故里的另一面

想象，一些消失走到镜前
一列旧火车驶过不忘的描绘中
一些盛开，被旷野吹压又抬起头
一道闪电狂奔又戛然停止。
一些种子和即兴被吹起又落下
一些梦，被惊醒又陷入安静。

想象过后
一些听不见的类似，被听见
一些风，追赶着风的声音
我后悔打开搜集的门，那些下落的举止
雪花过后
为什么不是多年的左右……

旱 情

住在城里，乡下的菜园只在电视里龟裂
进入菜地，迎面就是一株低矮的无花果树
嫂子随手摘了一颗递给我，甜得有些发腻
几厢茄子，叶片下垂，紫色的裙摆下
茄子像雍容的贵妇们，脸上有明显的皱纹
有的贵妇已滚落到排水沟里

今年的豇豆很瘦，但对于小青虫简直就是丛林
为了羽化成美丽的粉蝶，它们深谙丛林法则
哥哥说你要摘，就摘有小青虫的豇豆
这几架豇豆没打过农药
说不定青虫会羽化成蝶，扇扇翅膀就会下雨

朝天椒的手指，终究还是指向了脚下的土地
前额宽大的老南瓜，率先作出未雨绸缪的决定
抢季节点种的几窝秋豆，嫩芽没有如期而至
竹叶菜真是徒有虚名，它们哪有竹叶那么青
躲在暗处的丝瓜，来不及被发现就已经成了发黄的棒槌
我请求哥哥把丝瓜瓢留下，让它在洗刷中返青
这些蔬菜没有了水色，多像菜园深处的那棵银杏
没到深秋，就开始解甲归田

走出菜地，到菜农的庭院中坐坐
没有酒，也没有共话桑麻，嫂子只念叨好长时间
没有给在省城写诗的小叔子快递蔬菜了，说完
我们和庭院中那口压把式的机井，还有那棵女贞
陷入沉默。我起身再次走进菜园
望着菜架下悬着的几只老葫芦
不知肚子里是否藏着缓解旱情的药

入园须知

注意脚下，刚浇过水的园子有些泥泞
以免弄脏了旅游鞋。掉在排水沟的瓜果不要拣
给在水塘中张牙舞爪的虾留一口粮食
要摘豇豆吗？要摘就摘爬有小青虫的
不要掐去蒂上的小花，它还可以长出第二茬

要砍一蔸白菜吗？外衣上要有密密麻麻的小洞
漏洞百出、捉襟见肘的白菜就是菜农的日常
竹叶菜也叫空心菜，掐一把就掐最嫩的叶尖
那些空心的茎秆，会被城里实心的大叔买走

从菜园出来，必须随主人走进另一方菜园
其实就是用偏房改成的窖藏屋
一屋子的土豆，在蛇皮黑布的掩盖下沉默着
它们握紧拳头蓄势待发，随时准备冲出暗室
嫂子问我，你喝酒了吗？没等回答就赶我出去
嫂子为我挑选了身材匀称的土豆，非常抱歉地告诉我
土豆不能见光，更不能有酒气的熏染
否则容易发芽

红土矿

二十年前，山上有荆棘、栎树、野板栗树、桑树
自从村主任承包这座山之后，铲车、重载运土车
就像一条条蠕动的蚕，啃食着这片桑叶
山体渐渐露出了胴体，红色的山土如凝固的血
村民们并不关心这些红土被拉去填了哪条沟壑
只知道村集体的账本上多了一座用数字堆起的假山

十年前，上级要求停止挖山恢复植被
恢复植被，需要用绿膏药敷在失血的皮肤上
结痂的周期太长，不如用灵魂来覆盖山体
于是，仙女山和公墓这两个名词组合在一起
多么完美的偏正词组
现在的仙女山，山上开的不是山茶花、金银花
每到清明节，盛开着菊花、纸花、烟花

诗人的母亲埋在农家小院和菜地之间的青草丛中
而父亲死后被众多诗人抬上了这座曾经的红土山
一个山下，一个山上，隆起两座矿山

那次诗人带着另一位诗人林东林从省城回到仙女山
村主任热情邀约诗人和本地的朋友到别墅小聚
我没去，村主任不知道我是记者，且不胜酒力

我们爱着母亲

弟弟走后，母亲的唠叨便结束
一夜之间，她变得瘦弱，矮小，沉默寡言
对喂养的雏鸡，比过去轻柔
清明节的哭音，接近虚无
她时常坐在老屋樟树下
或一个人去秧田、墓地，去完成内心的善与信念
仿佛弟弟并没有走出时间
弟弟在那边，我在这边
暂不能相见，我们以另一种方式
爱着六十多岁的母亲

火　花

他像极了火花
从风里站直了腰身
风喜欢他脖子以下的部分
让火焰越来越猛
当我经过这样的火场
看见风把他的骨头和肉身围剿成了一块坟地

一个丢失身份证的人

一个丢失身份证的人，闯过雪山
大漠、草原、黄河、狼和匕首
他还是一边走，一边返回寻找丢失的部分

嗨，一个习惯在黑夜丢失身份证的人，他是不是就丢掉了身份？
一个在丢失中消退了星空的人，他是不是更能勇往直前？

你知道，一个诗人，即便他丢失了身份
他还是诗人的身体，诗人的心灵
诗人的光泽，诗人的信奉，诗人持久的等待

王芗远 的诗

湖泊在大柴旦自己说

什么都已经模糊，嘴唇守着最后的秘密。
关节炎，一簇矮花。
我离天堂有两公分。

夜空中的信仰

愿你相信痛苦没有形状
死亡毫无声音。永恒的风
吹过这里，昨天荒凉一片
今天连火焰与刀锋也孤单歌唱。

走过静美如初的山冈，
走入静静老去的黄昏
今夜我不相信占有，也不相信死亡
在腿上盘坐的有可能已坐了万亿劫。

在没有星辰的室内畅想
屋外又有什么？愿你相信
似乎一动不动的草木也在热恋。

有时风拂动，就拂过了全身
天堂内外一片寂静
我就给自己编好桂冠，走在山冈上。

刑天舞干戚，猛志固常在

痛苦的塞特。蛇的引诱。从洞穴中爬出的阳光之边缘
拥有漫长的记忆，但一闪而过，犹如心灵黑暗的裂变
充盈时日和钟表，对，在透明的岩缝中是死亡那岿然屹立的
渺小的大理石像，如一次暴风雨的洗劫，我的心灵
如一片绿色叶片，衰残在一面光明辉耀的铜镜面前。

但，看哪，大队的军马正在从远方赶来，迈着神奇的虚空之步容，
我相信骄傲的死神拥有一面梳妆镜，拥有一把玳瑁镶嵌的木梳。
我以诗人自己的时辰拥有死神，除此之外我别无所有。
我将灵魂的未来渲染成一片五月芦苇飞扬的沼泽，那是我永古的困境。

残留的马鞍，石碑上剩余下来未被风化的一个字。
我经过世界时，太阳在万物之下，投下阴影，如一串
莫名而至的音符，在缠绵之爱的漂浮不定的表面
修剪好那神圣的髭须。让福尔马林的气味漫过世界的尸体，
我拥有无限中唯一一次，并不声明给谁，但至少唯独对我：
我那无限中唯一一次，只属于我的，关于无物之阵
那唯一一份永恒的停顿。

洪炎新 的 诗

滴水之间

一长串瓦片，动员一滴水
向石头冲去。

每只瓦片都畏惧
冲下去，跟鸡蛋一样的结局。

滴水知道，自己是替谁
舍生取义的泪。

石头是可以焐热的
柔软，被信仰反复击中。

穿过一生所爱
刚好，给绝望安放一缕光。

菡萏引

整个春天的心思
含苞，一层紧挨一层
羞涩是有出处的，她要长成她。

装进细雨的世界
雨水和池塘
都有江南女子琴弦上的柔润。

她们撑着油纸伞
风的马蹄跐起脚
远方和诗，没在烟雨小巷里。

原来诗经，有来处
原来长歌相思，有来处
原来莲，与尘缘，皆有来处。

雨中即景

还有什么花
经得住这样的风吹雨打。

抑或，还有什么人
不被这样的风吹雨打所触动。

雨，一下子懂了季节
透透的，浇透了雨水的根。

由此及彼，还有什么人
躲得过这样的狂风暴雨。

雨，一下子懂了人世
悲悯所至，泪流成河。

宋娟 的诗

秦江渡

它只是一个名字。它正年轻
光阴中绚烂的那一部分
刻着这么多年的生活
哪怕要等很久
哪怕要等很多年
水与时间，无声无息地穿行
仍然会打盹
仍然会做梦
天空和星宿、河流与倒影的故事
多像爱恋中的人
我们只是短暂造访者
"我想和你谈谈，关于这个渡口"
这是夏天，我们坐在河岸上
看河水，轻轻拍打岸边
如果河水漫过脚丫
如果这些还不够
就请你轻轻唤着它的名字
永远不让河水蔓延
——终其一生

仿佛一片蓝灰色的海洋

已经黄昏，有一点晚霞
那片竹林在哪，影子就在哪
树木苍翠繁茂
闪烁着神秘之美

不可无端怀念，更多的喧嚣
笼罩在大地的表面
当你牵起我的手
没有比这更明亮的时刻

海水深处，天空辽阔
"日子被阳光燃烬，又被风带走"
我对于一条河的爱慕远大于自己
我装着整个天空，也深爱着你
秋风吹过我，人们正忙着回家

运河上的时间

我怀有潮汐。越来越多的
河水上升
靠近闪烁的星星
涌出无限爱恋
不消散，也不聚集
我熟悉这一段水域的流速
熟悉一条鱼
身体上闪烁的银光
缤纷的色彩，是不能形容的
一个需要时光安慰的人
看见内心深处的悲伤与光亮
我多想说一说啊
看见过的奇迹和山水
蓬勃的理想，以及爱过的事物
如今，我们只谈天气
清爽的晚风和轮回中的月亮
河对岸传来的声音
我希望你也听见
人群旋转，风在奔跑
大风吹过星星和尘埃
一条河流的夜晚盛开花朵
天色渐暗，一些反复来临的梦
从不缺少欢乐

王束欣 的诗

下雨了

下雨了
我没有睡着。
马路上的汽车也没有停下来，任何一辆。
橘红的药丸
正被你悄悄遗弃，好孩子。
一只乌鸦低着头
雨水让它的羽毛湿得发光
它喝水，捡石头，没有乱动。
它正掉落的羽毛飞进了球场
除了我，没有人看见。

苍南县

声音在树林细缝中消失
有人钻进来，袜子上钉满了苍耳
大雨过去了。

招　牌

马路上的招牌
是三园路
群众来信到信访办：
因为家暴，几个妇女泣不成声
我的望远镜
想让英语补习班来得晚点
请一个路过的人猜谜
她的加入
让后来的目光越拉越长
沉默和更深的沉默
都垂在了腰间

在圣境山的丛林里

那些参天的乔木，隐逸的
灌木丛，和做着点缀的花草
看起来都很随性
但它们使整片林子错落有致
又浑然一体，仿佛置身其中
无论作为哪一员
都恰如其分

暮　年

朝着太阳升起的方向
我还在尽力而走。可我的影子
却箭一样反向指着——

怕它以我的佝偻为弓
随时射出去,我一直在把身子
强性挺直

躺在一块石头上

躺在一块石头上
感觉它很硬朗，我就继续躺——

它一直没有吭声
可我的身上反而
疼痛起来

张军兰的诗

返青

风，摘走了荷叶
那些湖里的雨具，再不能用它听雨
现在，树桩一样，立在水里
成为静物
从水中返绿，丢下冬日
一些枯黄的事物
那时，你涉水将它摘来，顶在头顶
挡风雨中的万物
顶着它，从故乡走失
走过冬天，身后拖着一地飞雪的快乐
风吹荷叶，涂色，又把它修整完好
从水面还回来，在荆楚大地，一些新绿
一湖蛙声，摘荷的人，顶着枯黄
还没有返青

雕花

被时光凝固，或者生锈
木门、雕花、飞鸟和一种热爱
成为往事，雕刻的人，去向不明
在刘尚村，南瓜花探在柏油路边
文化广场，一些诗行和草木融合一体
风过长廊，你和雨水歇息
大豆在生长
路过这些，水草、荷花、梨园
是谁丢掉虚伪的盛装
在这里流汗，变黑，被阳光烤着
和草木一样，投入这些新绿的事物
每个路过这里的人，牵走一丝乡愁
雕花、飞鸟那么安静，在图案上
雕刻的人，在沙洋大地，在每一个乡村

欧阳国慧 的诗

在圣境山

有人生出翅膀，从400米高的山顶上起飞
携无边的空旷
在蓝天白云中飞翔
有人沉迷于
古道，在马蹄踏碎的石子中
读《三国》
看好汉坡上的刀光剑影
也有人，陶醉在繁花似锦的花谷
试图从一朵花的内部
找回走失的青春
而我，在这里
只想独自走进苍翠的林木间，找一块
干净的石头，坐下来
静听，老莱子娱亲的笑声——
一声，一声
忽现忽隐，似金色鸟鸣

海魂衫

表哥是水手，是军人
也是一位烈士
送走表哥的那一年
我们村的年轻人
都不约而同
从遥远的县城，买回来
一件海魂衫
阳光下
它条纹蓝白相间
色泽鲜亮
像一片波光粼粼的大海
当我们伸展胳膊
穿上大海
在田间挥汗如雨地劳动时
整座村庄，仿佛
就是一座
宽阔、深邃，波浪翻卷的海洋
表哥的魂魄
活在里面

虹影儿 的诗

花　事

不知道昨夜的晓风
给阡陌灌了多少杯红酒
油菜花和桃花的脸
泛着羞答答的色彩
不知道
她们听没听见
我到来的脚步声

我小心翼翼
把写满情诗的裙裾
挂在枝头繁茂的花蕾上
招蜂引蝶

我深信
花田睁开眼睛的那一刻
一定会异动
我还深信
我在诗里喂养的蝴蝶、蜜蜂
也一定会从花田
带回每朵花设计的明信片
灵动而美好
如你、如我
如我们发生在春天里的
旷世之恋

过　往

季节开始打鸣
握在手中的光阴
凸现唠叨
有些人 那些事
早已涂鸦成记忆的底色

过滤晦涩的脚印
失血的灵魂
把白衣执甲的故事
写成悲壮的传奇

经年后
一边回味青春的鲜活
一边咀嚼暮年的静美

总有一天
所有的日子
都会被流年的风吹散
但那些曾经的崇拜
爱与被爱
却是我生命中
不灭的希冀

宋和平 的 诗

端午祭

中饭过后，和二哥
在后花园，我问
前面有买纸和鞭的么
二哥说，有，去坟上看看
河伯潭是屈原投江的地方
在汨罗江入洞庭的湖口
母亲曾和我说过
屈原呀，打捞上来
就在我们家门口
逆流了二三十里
这地方叫作
沉沙港

汉水谣

在先秦人眼里
你是一条天河

银汉，银汉
银汉迢迢暗度

在汉北，你以沧浪之水
一路向东，来挣脱大山束缚

在北津戍，和楚人一样
以浩浩汤汤之势，一泻东南

广袤的江汉平原，内方山后
过了秦江渡，斜趋汉津口

伴随的夹堤，而今彩虹飞卧
码头吊塔，数字白云

早先的龙王庙，还在
在汉口，凝视这亘古洪流

刘武忠 的诗

我在张池看油菜花

柳丝飘飞流瀑
蒲公英仰脸窥视熙攘的路人
我在张池徒步看油菜花
轻手摸摸身边的草
已经发青了的身子
我乘蜜蜂的翅膀
攀上油菜的高枝
我在这块紫色的油菜花花瓣上
打坐。默想浪漫
就这么一直想下去
哪怕就要深陷油菜花的蜜里
炊烟袅袅，阡陌纵横
油菜花裹挟饭菜的香甜
与一朵油菜花对视
攒在眉间的结打开了
裸露出心底的黄金
正接纳夕阳透明的杯盏

回到老屋

在花与春之间
我选择了忠实可靠的闲暇
让每一寸春光，疼爱红肥绿瘦
来到老屋门前
雾被风扯成一块巨大的白幕
我只是单纯地想看门前的风景
却什么也看不清楚
偌大的空，兀自安静

屋顶长出青草，燕子在房梁筑巢
小草和燕子
再一次用它们的宁静
拯救着一个人的灰暗
农人鞭子甩得山响，抽醒
村庄的早春
牛羊低头吃草，麦子起身拔节
昨天的记忆，萌芽了

梧桐树下摆上桌子
腊蹄子汤和菜稀饭都盛好了
等我一下
我得去菜园里替入土为安的父亲
揪几根大蒜和香葱

黄荡湖畔油菜花

每年阳春三月
黄荡湖两岸层层梯田
总要争先恐后地
炫燃金黄一次

立马良山西望
一条展开的LED显示屏
春风远播——有哪一双眼睛承受得起
如此宽阔起伏的烫金画面？

而那些身在其中的蜂蝶们
从显示屏的这边飞向那边
又从显示屏的那边飞向这边
仿佛老是心算不准，到底
哪一边的油菜花更多更美

汉江码头

曾经吹拂汉江的阵风，它吹过了
一条颜值分贝主导的河街
一座寂寞和辉煌已模糊的城隍庙
一个墨客对过客的"将进酒"

站在这里，码头会
打开"十番锣鼓"，打开
操舟人的一江东流，而
琼台山上的月牙儿
三更天，四更天
拢杏花、红唇鸟和梦
还原成一部
似曾相识的连续剧

梁振梅 的诗

青花瓷

月明江南，烟雨而生
一千三百度，七十二难，才得以青花为饰
留白可种春色，天青色种你
青与白之间，柔声易醒

你取浴火三千
一重一重渡我，劫后余生
时光不老，足够我们相爱，惊艳千年
而我因水灵秀，因你洁净
因白而玉

那一刻，你是我的近义词
这一刻，我是你的后半生

把一朵梅花喊醒

把一朵梅花喊下山
把下山的梅花喊进青花瓷
把青花瓷的梅花喊成爱人。

把爱人，喊成梅花。

把爱人的梅花喊进青花瓷
把青花瓷的梅花喊上山
把上山的梅花喊出泪来。

把流着泪的梅花，喊成爱人。

雄鹰瀑

留住心的，是悬崖
倒扣如铁笼，一跃千年
每一次奋力张开翅膀
都像誓不回头

峡谷、树木、河流，是你的诗行
云朵、夕阳、草原，是你的远方

一群人裹挟一场雨
让你的奔赴有了新的壮丽

如果愿意，今夜我做你潭中
层出不穷，岁月的点滴
若能如愿，你还做我眼中
不舍的玛瑙或者碧玉

贺蕾蕾的诗

一只松鼠在地球上

一只灰色的小松鼠
晒太阳
比所有人类都专注
蓬松的尾巴绷直
竖着身体
比所有树木都安静
两个前爪前倾
稳稳的
稳稳的
它的周围没有
第二只松鼠

坠　落

一万年前的尘埃
昨晚又均匀、平静
像一块纱一样
降落在书桌上
饰物陈旧
生满污锈
青苔在水缸
生满嫌隙
而月亮下沉于湖海
而蛇盘旋于杏树
一枚沾染毒汁的果实
正在坠落

冉冉的诗

荷花醉

东郊湿地里的荷花开了，开得精彩
这个季节热得厉害
非一般的你来看我
非要吃一顿火锅

点了扎啤
点点的汗珠是成果
醉话连篇
醉了就去看荷花

把汉江边的云烟汲取一点点
张开两手盘弄了六个月的水风
纵酒花间，放歌
楚风楚韵里走出来的女人，素颜也绝美

楚辞华美
楚简从郭店出发
双凤朝阳鼓下面的底座
是刻画了荷花的纹样

擎一支荷花盏，长林人归来
微醺里重启长湖荷花荡
夏天的柔波翻开纪山青青子衿的裙

马良闲章

每次经过襄河
脑海就浮泛一堆人名
还有丝旒旎的心思
诸如襄王神女

三国时代留下马良这个名字
传说里的三台朝阳
内方山曾经书声朗朗
中武当的四观仙气飘飘
古人咏叹过的八景
陪着石头洼的芦苇静默

风吹过的回响
频繁出现在梦里
耳目微醺在潮起潮落的月信中
临水人家悲喜更迭四十年

汹涌回应着谁的呼唤
七宝山重新呼吸
新的桥梁延展
水乡的少年在某天早晨离开
背起新的梦想奔赴远方

唐安古寺

北风一个劲地往领口钻
我缩了缩脖子
在一场雪到来之前
没有早一秒　晚一秒
我来到你门前
这场景　五十年前就已经注定

你大门紧闭　左侧小门洞开
一副送客的姿态
我想应该是我不够虔诚
我知道香火缭绕之上端坐的不是你
我只是过来
倾听穿着袈裟的那人诵经

看我在一棵虚无的菩提树下能否顿悟
能否挽救尘世中不断下陷的肉身
十二月如梦幻泡影
我搜寻大殿每个角落　寻找你遗落的箴言
我没有看见跪垫旁醒目的功德箱
我深谙　你不食人间烟火

我想　也许我应该在午夜冒雪徒步前来
万籁俱寂　伴着雪落地的声音
就在你门前三棵麻栎树下
为边上被砍断的那棵　焚香抚琴
你可以现身　不要散发悲悯
我可以不语　不谈及芸芸众生

蜗　牛

任何一条道路
对于蜗牛来说都是天堑

就像满怀心事的人
背着沉重行囊
终其一生都在寻找故乡

马俊芳 的诗

蟠龙菜，乡愁的纽带

携着家乡的一缕炊烟
来寿乡打捞生活。一道宫廷御菜
隐匿了明争暗斗，在民间渡劫
让食肉不见肉的日子，风生水起

色泽金黄、香味绵长
蜿蜒于盘中，如一条龙
乡间流水席上，人们唤着卷切或剁菜
土得掉渣的小名，丝毫不妨碍它
腾云驾雾，献瑞呈祥

如今，蟠龙菜成了维系乡愁的纽带
每年春节，我都要带上几提
让没了牙的娘亲，蒸煮、煎炒或下火锅
轻而易举，就能品尝到皇家御膳

屈家岭

陶罐、稻穗、蓑衣、风车、谷仓
石磙、农具、陶双腹鼎、原始居民
这是我在屈家岭展园看到的物象
以绘画、雕塑以及真实的面目呈现

新石器时代的先民
穿越时空，在荆门园博园复活
他们用鱼叉捕鱼，用陶罐汲水
用鼎烹煮食物
它们，均出自工匠之手

你看，一棵棵饱满的稻穗
正从墙壁上长出

杨继宁 的 诗

时间的朋友

在一张白纸上画下一笔
什么都不是
连续一百天，每天一笔
渐渐有些轮廓
一条船，一支桨，近处的脚和远处的山
一条河流横亘
还有一个梦横穿
对啦，还要一位艄公
披蓑衣立船头
将一滴滴沉寂的水
打出一朵朵浪花

黄家山的花

那些黄家山的花
离开后更加茂盛
惊艳了三山五岳
还远涉重洋

盛开前的路蜿蜒
被绳导引着去了梦中高原
也有一场梦
到了您家的屋檐
春雨淅淅沥沥
秋雨缠缠绵绵
同一片天空下
玉兰花覆盖了十八岁
香樟举着后面所有的岁月
我有花香，洒在经过的每一条路上

马雨林 的 诗

弹舌音

我的乡音，被工匠们
刻在龙泉公园的方言墙上

对于我这样一个离开故乡的人来说
这些来自农村的方言
这些散发着泥土气息的方言
就像我亲爱的农民兄弟
看到它们顿觉格外亲切

在方言墙上陈列泥的遗骸
这些汗水、泪水和欢笑的结晶体
总是使我一次又一次回眸
我用目光感应
手指揉捏泥土的欣喜

只要一想起我的农民兄弟
我的弹舌音就又加重了

父亲与麦子

沙洋的五月
银镰所到之处
金黄的麦穗
一排排整齐地躺在麦地里
如一排排诗歌躺在诗行里

麦子熟了，父亲的手在颤抖
他手中的镰刀如笔
摇曳成起舞的诗篇
那些麦子，如一粒粒动词
在他手里欢呼，跳跃

无数麦子在他掌心死去，又复活
他用汗水，把它们锻造成
欢快的句子
和一堆麦子对坐着说话
和一把镰刀对坐着喝茶
他的笑容多么灿烂
就像这五月的阳光

张芙蓉 的诗

观察这只鹰

从阳台上遥望那片松林，我嗅到
一只俯冲山冈的，鹰的气味
空空的荒原，巢穴硕大

松绿的翅膀划动雾霾
白云生处，王者出巡
现在，它伏在巢里
母性的灵感让我猜想
它一定是在孵卵
它温暖的羽翼下
等待雏鹰的喙
啄破黑暗的力道

明天就要下雪
天空飞起阴雨
它扑腾了几下翅膀
抖落水珠，继续蛰伏

旷野还在冬眠
我已经习惯观察这只鹰
不知不觉，春天就要来临

即　景

夜幕下的漳河大道
它变成了一把仙女的梳子
镶满闪闪的钻石
柔软的车流如会发音的发丝
它在思想上表现出
我无法抵达的深邃

这条穿透黑夜的大道
奔向未来的高铁新城
它像一本发着光的书
行道树标注的页码越来越厚
想读它的人在栾树和香樟下排着长队

蒙之的诗

乐 橙

父亲出现在小院西边厨房门口
提一个水壶沿走廊往北
流水声响过
他又走进画面，消失在厨房
他出现在小院西南饭厅门口
沿走廊往北
卫生间在西北角
几分钟后他又出现在画面里
消失在饭厅门后
我仿佛看见他走过饭厅
进入大堂，右转进入房间
慢悠悠抽上一支烟，阳光好时
坐到大门外右边的水泥露台上
那棵樱桃树下
看没有商铺的街，行走的人
过一过镜头之外的生活
年轻的时候没上过镜
现在天天上镜
和他一起上镜的有时是一只猫
或一条狗，或猫和狗都在
有时是飞过小院的一只鸟

革丽娟 的诗

漳河运算

等我的父亲，你的母亲，他的伯伯
回到年轻时的模样
等他们用过的铁锹、扁担、箩筐
还有小推车
回到漳河
劳动的号子就嘹亮了
等他们流过的汗水
一粒一粒加起来
填补曾经挖过的空
漳河就丰满了
等李集岛上的橘子树
卸下果实
等鱼群繁衍出子嗣
等漳河水收复天下的蓝
一河清水就载走了所有的
加减乘除

在江汉运河的堤坝上

站在江汉运河的堤坝上
我看见几只鸭子
在丰腴的江水里
低头，抬头，寻寻觅觅
此时，我想约上固守在这片水域的子民
用一张旧船票
登上一艘船
和他们一起打捞一条江的前世今生
看建立权县的人如何开疆拓土
从秦江渡码头上岸的人去了哪里
又是谁牧养了一群白鹭
在绿色无垠的水田里翩翩起舞
晚霞点燃炊烟
纤夫拉纤的脚步收拢在一面墙上
鸣蝉演奏三峡移民定居沙洋的合唱
越来越响

李艾华的诗

桃花水母

是啊，这是她的道场
她是比丘尼。以无骨之态
虚纳落日的玉碎
尽管浮草与暗流在一旁窥伺

向漳河行叩拜之礼
一条人鱼在水中翻了下身子

光在光影里

一只黑猫爬上白色墙壁
几只黑鸟歇在玻璃上
我曾张开双臂，化身猫手
它们既不飞去，也不尖叫
在光滑的镜面静默

一阵春风把鸟惊散
吹向黑猫又被弹回
猫蹲在白墙壁上
似看客
一棵树侧头看我
举起右手臂向我致意

缪海云 的诗

沙洋辞

1

三元道观没有香客
运气好
我们也算是第一波
但不是香客
站在蒲团边上忙碌的住持
进出这门的人
他已习惯双手虔诚合十

我也是虔诚的
以武当山为弧线
从异地舟马劳顿赶来

昨天不知谁燃过的香火
这庞大佛祖像下
开出道观的
一朵莲

2

江滩生态公园沿江而下
沙滩、轮船
紫薇花、老码头
我从童年蹒跚的脚印子里
下了岸
母亲大包小包在人群里喊我

刺耳轮笛隐没在汉江大桥
我的影子被一次次干枯江滩拉长
对岸母亲
沿绿树繁花，延伸我曾经的蹒跚
荒芜的老码头
学着母亲样子喊我

杨秀清的诗

相遇愈有温度，离别愈有心伤

害怕你衰老
就像害怕我衰老一样
湖水八千米，不知哪里最容易漂洗出我年轻的容颜
湖水八千米，不知哪里最容易照见我最真实的心跳

你不是我的故乡
我却比喜欢自己的故乡更认真地喜欢你
云朵往湖中央走的时候
我多想往你的怀里走
即使和一只水鸟一样只是与你调调情

今夜是白露，从此有霜降
纵然你有那么多的湖水，也抵挡不住秋的袭击
开始变凉。

相遇愈有温度，离别愈有心伤
那些没有相遇的相遇
又如何知道你的美好

宇阳的诗

荆门的夜色

荆门的夜色格外深情
黄黄的、淡淡的颜色
让我在空荡荡的夜里
触摸到心中一份柔软

你说，那是天之涯
也跨不过的边界
那是地之角，也
无法走出的辽远
一首民谣，还是
我记忆中的旋律
心心念念处，你和它
都是我的魂牵梦绕

在我心中，千山
也比不了你的旖旎
遥望荆门，山高水阔
野梨花清幽
天地间，谁是我的依靠
赤子情怀，常在
内心默默闪亮

向锋的诗

明天七夕

我说，下班
她问，去哪
去看夕阳
去看凤凰湖

她说，回家有衣服要洗
我问，是衣服重要
还是看夕阳重要

她笑，沉默里绽放出花来
起初，我也沉默

她说，你说得
这么有道理

太阳正烈
我们躲在影子里
我们一定在发光
所以没有影子

水畔几丛芦苇
依偎在一起
我们脱了鞋
依偎在草地上

新诗谱
New Poetry Notation

胡亮 新诗谱（节选）

新诗谱 （节选）

胡亮

一、鲁迅 （1881—1936）

　　鲁迅的天才既见于小说，又见于杂文，还见于新诗。先生的文学身份，小说家也，杂文家也，很少有人称他为诗人。即便有人称他为诗人，大抵也便归入次要诗人、其他诗人或业余诗人。得出什么样的结论，就有什么样的前提——比如，《野草》是诗集，散文诗集，还是局部意义上的杂文集、寓言集或短篇小说集？文类不同，仪式感各异。诗有诗的仪式感，杂文有杂文的仪式感，小说有小说的仪式感。《野草》所收录的二十四篇"文本"，只有一篇——亦即《我的失恋》——混纺了古典诗和新诗的仪式感，其余二十三篇则具有其他文类的仪式感——比如《过客》，盗用了独幕剧的仪式感；《聪明人和傻子和奴才》，混纺了杂文和短篇小说的仪式感。那么，鲁迅自己如何定义《野草》呢？"一本散文诗"。这本散文诗，出现了内乱——短篇小说揭竿，杂文称雄，独幕剧夺权，旧体诗通敌，新诗会不会告急或逊位？换句话说，其他文类会不会构成对新诗的僭越？作者，普通读者，都不会费心于这个问题；只有新诗本位主义者，战战兢兢，给出了一个答案——作者首先展现了新诗的天才，同步展现了杂文和小说的天才，然则，作者无意于勘定散文诗或其他文类的边界。先来读《我的失恋》："爱人赠我金表索；/ 回她什么：发汗药。"再来读张衡《四愁诗》："美人赠我金错刀，/ 何以报之英琼瑶。"前者是对后者的"滑稽模仿"（parody），甚至步了"原韵"，似乎既有新诗的仪式感，又有古典诗的仪式感，以至于错综成一种"提前的后现代主义"。鲁迅曾用"打油"，救活自己的旧体诗；难道要再用这招，救活自己的新诗吗？提出这个问题，应当自罚三杯。鲁迅何许人也，岂会轻薄如此？在这里，必须讲个小故事，以便打通大关节——《我的失恋》原投《晨报》，受阻于刘勉己，最终未能过审；转投《语丝》，经手于孙伏园，很快顺利发表；《语丝》其时正在连载《野草》，将刊出《影的告别》《求乞者》，临时插入《我的失恋》。这样，历史开了一个不算小的玩笑——《野草》中仅有的"分行作品"，只是计划外的楔子；作者原拟全部以"不分行作品",来建构和呈现他的"新诗形象"。甚至就连《我的失恋》,也自相矛盾地表达了对"分行作品"的不信任。此诗有个副标题"拟古的新打油诗",皮里阳秋,就出示了两种不信任——对旧体诗的不信任,对新诗的不信任。鲁迅自己怎么讲?"我其实是不喜欢做新诗的——但也不喜欢做古诗——只因为那时诗坛寂寞,所以打打边鼓,凑些热闹;待到称为诗人的一出现,就洗手不干了。"鲁迅的"新诗",或"分行作品",除了一首见于《野草》,还有十首未见于《野草》。来读发表于 1919 年的《他》:"大雪下了,扫出路寻他;/这路连到山上,山上都是松柏,/他是花一般,这里如何住得!/不如回去寻他,——阿!回来还是我家。"暂时不谈"新我",先要埋葬"旧我",这里面,既有悲剧性,又有痛快感。与其把《我的失恋》,不如把《他》放进《野草》。可以这样讲,《他》《野草》,还有《写在"坟"后面》,共同建筑了一座"大坟",当年废名也曾注意及此。行文至此,不免引出两个话题。其一,"野草"之前已有"野草"。此话怎么讲?《野草》,明显有其"上游文本"。比如鲁迅的《寸铁》,第三段言及"钉杀耶稣",就是《复仇(其二)》的"上游文本";鲁迅的《自言自语》,第二篇言及"火的冰",就是《死火》的"上游文本"。《寸铁》和《自言自语》,均发表于 1919 年;而《野草》开篇的《秋夜》脱稿于 1924 年,最后补写的《题辞》脱稿于 1927 年。其二,"鲁迅"之前已有"鲁迅",此话怎么讲?鲁迅,明显有其"祖述作家"。比如波德莱尔(Baudelaire)、裴多菲(Petöfi Sándor)、尼采(Friedrich Nietzsche)、厨川白村、长谷川如是闲,以及比鲁迅更年轻的徐玉诺。蛛丝马迹,皆有铁证。李欧梵甚至还有新的发现——鲁迅的惊悚之句,"抉心自食,欲知本味",很像斯蒂芬·克莱恩(Stephen Crane)的腥膻之诗,"他蹲在地上,/手里拿着他的心,/并且吃着",只不过,前者想吃出却没有吃出味道而后者一口吃出了味道。啥味道? 苦味道! 除了厨川白村,还有小林一茶,明里暗里,或都加持过《野草》。先说厨川白村——鲁迅曾中译《苦闷的象征》,作序云,"生命力受了压抑而生的苦闷懊恼乃是文艺的根底,而其表现法乃是广义的象征主义",完全可以视为《野草》的艺术自释。要知道,鲁迅一边写《野草》,一边翻《苦闷的象征》,在很大的程度上而言,前者力践了后者的美学思想。此种"广义的象征主义",生根于《呐喊》,抽枝于《彷徨》,开花结果于《野草》,终由现实小说的"偶然的装饰品",演变为散文诗的"不可或缺的面孔";正如"提前的后现代主义",生根于《野草》,开花结果于《故事新编》,终由散文诗的"偶然的装饰品",演变为反历史小说的"不可或缺的面孔"。再说小林一茶——冯余声曾英译《野草》,鲁迅作序云,"大半是废弛的地狱边缘的惨白色小花,当然不会美丽",完全可以视为《野草》的灵魂提纲。这句话,就化用自小林一茶的俳句:"我们在世上,/边看繁花/边朝地狱行去。"然则,当"繁花"换成了"惨白色小花","地狱"换成了"废弛的地狱"。小林一茶以及其他"祖述作家",又怎么笼罩得住鲁迅的脱颖? 看看吧,诗人已经建立了《野草》的空间轴:地狱—人间—天堂;同时建立了《野草》的时间轴:过去—现在—将来。在谈及"地狱"的时候,诗人自视为"小花";在谈及"小花"的时候,诗人自视为"地狱";诗人既想为"小花"浇水,又想与"地狱"偕亡。如若偕亡,谁来浇水? 此种"地狱—小花悖论",又时常落实、分解或转化成"死亡—存活悖论""绝望—

希望悖论""黑暗—光明悖论""冰—火悖论""杀戮—拥抱悖论""投枪—无物之阵悖论""空虚—充实悖论"或"失语—说话悖论"……正如李欧梵所说，"他的多种冲突着的两极建立起一个不可能逻辑地解决悖论的漩涡"。来读《希望》："希望，希望，用这希望的盾，抗拒那空虚中的暗夜的袭来，虽然盾后面也依然是空虚中的暗夜。"来读《墓碣文》："于浩歌狂热之际中寒；于天上看见深渊。于一切眼中看见无所有；于无所希望中得救。"来读《题辞》："我以这一丛野草，在明与暗，生与死，过去与未来之际，献于友与仇，人与兽，爱者与不爱者之前作证。"可见《野草》也者，既有抒情之诗，又有叙事之诗，既有独白之诗，又有杂语之诗，既有写实之诗，又有记梦之诗，既有玄学之诗，又有寓言之诗，既有绝望之诗，又有极乐之诗，既有唯美之诗，又有审丑之诗，既有象征之诗，又有解构之诗。要讲文体家，无论当时，还是如今，鲁迅都可以说是顶级文体家。他的神鬼难测的斑斓，来源并服务于一颗"最痛的灵魂"，这颗最痛的灵魂恰是那个时代的"最真的黑暗"。难怪鲁迅写信，对许广平说，"我的作品，太黑暗了"。总之，《野草》提供了"一种诗的现代性"，而且这种诗的现代性几乎同步于全球（比如，参差同步于《荒原》），所以笔者不得不服膺于张枣的金口玉言："中国现代诗之父其实是鲁迅，而不是胡适。"

二、胡适（1891—1962）

下面的说法并非故意耸人听闻，而是为了揭开真相——白话诗或新诗的策源地，不在北京，不在中国，而在绮色佳（Ithaca）。这座小城，位于纽约州凯约嘉湖的南岸。康奈尔大学位于绮色佳，而哥伦比亚大学位于曼哈顿。1910 年，胡适就读于康奈尔大学；五年后，就读于哥伦比亚大学。1915 年 8 月到 9 月，胡适与几位朋友，包括任叔永、陈衡哲、梅光迪、杨杏佛、唐擘黄，都聚在绮色佳消夏。他们时常一起讨论，"从中国文字问题转到中国文学问题"。9 月 17 日，梅氏将往哈佛大学，胡适赠诗云："新潮之来不可止，文学革命其时矣。"20 日，胡适将往哥伦比亚大学，赠绮色佳诸友诗云："诗国革命何自始？要须作诗如作文。"针对这个论点，梅氏致信胡适："诗之文字（Poetic diction）与文之文字（Prose diction），自有诗文以来，（无论中西）已分道而驰。"不能不说，梅氏有理。1916 年 4 月 12 日，胡适写出《沁园春·誓诗》："文章革命何疑！且准备搴旗作健儿。要前空千古，下开百世，收他臭腐，还我神奇。"6 月，胡适回到绮色佳，再与诸友热议，决心"用白话作文、作诗、作戏曲"。7 月 8 日，绮色佳诸友覆舟于凯约嘉湖，虽然有惊无险，却也狼狈不堪。任氏为作四言长诗《泛湖即事》，"言棹轻楫，以涤烦疴"，"猜谜赌胜，载笑载言"，云云。胡适认为，任氏所用，死字也，死句也。孰料梅氏不平，来为任氏助阵。26 日，胡适致信任氏："吾自此以后，不更作文言诗词。"8 月 23 日，胡适写出《朋友》，后来改成《蝴蝶》："两个黄蝴蝶，双双飞上天。/ 不知为什么，一个忽飞还。/ 剩下那一个，孤单怪可怜；/ 也无心上天，天上太孤单。"此诗旨在悲叹绮色佳诸友之失和，个人之落单，以及文学革命之高处不胜寒。写得颇为低回，字里行间，并没有"吾志决矣"的大无畏。1917年6月1日，胡适写出《文学篇 别叔永，杏佛，觐庄》："前年任与梅，联盟成劲敌。与我论文学，经岁犹未歇。吾敌虽未降，吾志乃更决。暂不与君辩，且著《尝试集》。"在此前后，胡适已有理论结晶。1916年8月19日，他提出"八事"（或亦可称为"八个不"）："不用典""不用陈套语""不将对仗""不避俗字俗语"，云云。12月，胡适《藏晖室劄记》抄来《印象派诗人的六条原理》，并留下一条旁注："此派所主张与我所主张多相似之处"。"印象派"（Imagism），今天通译作"意象派"。"六条原理"，亦即"六个不"，提出者乃是庞德（Ezra Pound）。胡适留学美国，正值意象派风行。何谓意象派？在庞德或蒙洛（Habrriet Monroe）看来，意象派不过是"中国风"的替换词。意象派引入中国古典诗，居然领跑了美国诗复兴运动。胡适私淑美国意象派，回来却掐断了中国古典诗。胡适领衔的白话诗运动，庞德领衔的意象派或美国诗复兴运动，几乎造成同样豁豁的"诗歌史分野"。这段"影响与回流"的公案，无论如何，都算得上是文化交流史上的奇谈。1919年10月，胡适写出《论新诗》，此文核心术语"新诗"，或来自美国诗复兴运动中的"New Poetry"。如果不是这样，难道，是来自杜甫的"我有新诗何处吟"或"老去新诗谁与传"不成？胡适向来看不起杜甫；更何况，杜甫所谓"新诗"，本是指"新出的诗"，而美国新诗运动所谓"新诗"，才是指"出新的诗"。不管怎么样，自此以后，"新诗"逐渐替代了"白话诗"——这两个术语并不能随时互换，白话诗以白话写成，残留有古典诗的句法，或可视为古典诗与新诗之间的过渡形态。1920年3月，胡适出版《尝试集》，这是中国文学史上首部白话诗集。该书分为两个部分，正文《尝试集》，附录《去国集》。《去国集》所录作品，多为骚体、古风、歌行或长短句，此类诗体的"相对自由"，很显然，比律诗和绝句更加接近新诗的"绝对自由"——这就是钱锺书所谓"旧学而强欲趋时"。《尝试集》所录作品，多为白话诗，然则从《蝴蝶》以降，前面十五首都是白话绝句、白话歌行或白话长短句，直到第十六首《老鸦》才勉强算是新诗——这就是钱锺书所谓"新学而稍知存古"。正所谓：一脚踩上古典诗，一脚踩上香蕉皮。先来读有名的《小诗》："也想不相思，/可免相思苦。/几次细思量，/情愿相思苦！"再来读更有名的《希望》："我从山中来，/带得兰花草，/种在小园中，/希望花开好。"《希望》后来改为《兰花草》，经张弼和陈贤德作曲，银霞和刘文正传唱，早已流行于整个汉语世界。但是这两件作品，都是白话诗而非新诗。胡适认为那首《关不住了》，才算新诗成立之纪元。然而，此诗应为译作而非原创，其作者乃是蒂丝黛尔（Sara Teasdale）——这就像是一个隐喻，暗示了白话诗或新诗的"原罪"：从零传统，到反传统。那么，《尝试集》可有一首像样的新诗？有，来读《梦与诗》："醉过才知酒浓，/爱过才知情重——/你不能做我的诗，/正如我不能做你的梦。"1922年，胡先骕发表《评＜尝试集＞》："胡君但能作白话而不能作诗"，"是胡君者真正新诗人之前锋，亦犹创乱者为陈胜吴广，而享其成者为汉高，此或《尝试集》真正价值之所在欤。"胡适岂无自知之明？胡先骕两万言的长文，说来说去，约等于胡适八个字的自我总结："提倡有心，创造无力。"后来，胡适还曾出版《尝试后集》，不过是自证了一句预言："我或终归老于文言诗国"——此语出自《五年八月四日答任叔永书》，亦即《尝试集》增订四版的《代序》。话说当年梅光迪入哈佛大学，师从白璧德（Irving Babbitt），胡适入哥伦比亚大学，师从杜威（John Dewey）；白璧德倡导新人文主义思想，杜威则倡导实用主义哲学，两者的对峙，被其弟子分别引入中国，终于导致了学衡派与新文化运动的对峙。梅光迪与胡先骕，均为学衡派的大将；胡适，则是新文化运动的先驱。当年所谓对峙，到了如今，完全可望"化干戈为玉帛"，这样才有枯树开花、死灰生火的可能。

三、刘半农（1891—1934）

刘半农长什么样儿呢？据张中行回忆："个子不高，身体结实，方头，两眼亮而有神，一见即知是个精明刚毅的人物。"在张中行以前，周氏兄弟，都有谈及刘半农。周作人曾说："那时做新诗的人实在不少，但据我看来，容我不客气地说，只有两个人具有诗人的天分，一个是尹默，一个就是半农。"所谓"那时"，是指"1919年前后"。1920年2月7日，刘半农赴伦敦大学，妻子朱惠、女儿小惠随行。8月6日，诗人将小惠的话，直接辑录成散文诗《雨》，"妈！我要睡了！你就关上窗，不要让雨来打湿了我们的床。你就把我的小雨衣借给雨，不要让雨打湿了雨的衣裳"，堪称吾国最早且最好的白话儿童诗。是年3月15日，诗人一家到达英国。那时女性第三人称，还用"他"，某个小范围则用"伊"。妻子，女儿，踏入了人称完备的英语世界，会不会察觉到这个汉语的漏洞呢？6月6日，诗人写出《她字问题》，将此前与周作人私聊过的一个问题，上升为一个公开的语言学提案——应该创造一个字——"她"，作为女性第三人称。"诗人的语言区分不开'帝国'和'共和国'，区分不开'他'和'她'。"西思翎（Jan Laurens Siesling）接着说，"这需要修复：所有革命中最小的，但最重要的一次。"8月1日，朱惠产下一对龙凤胎：一个叫"育伦"，一个叫"育敦"。诗人用"你们"迎接了这对儿女；当他转头看向妻子，就用"他"来代指儿子，用"她"来代指女儿。一个最古老的代词，一个最年轻的代词，琴瑟和鸣，就此分担了不同的语言学使命。西思翎还曾说"创造这个字是诗人的无与伦比的职责。从字的所有意义来构想它。一首诗必须将这个字介绍到言语中，通过用它、重复它，必要时重复它四次给聋子的耳朵，最终即使聋子的耳朵，也会接收到。"9月4日，诗人写出《情歌》。民谣有所谓"四季歌"，绘画有所谓"四条屏"，大都分述春夏秋冬情景。《情歌》也如此，来读第一节："天上飘着些微云，/地上吹着些微风。/啊！微风吹动了我头发，/教我如何不想她？"叙及春季相思，或云早晨相思。来读第二节："月光恋爱着海洋，/海洋恋爱着月光。/啊！这般蜜也似的银夜，/教我如何不想她？"叙及夏季相思，或云银夜相思。来读第三节："水面落花慢慢流，/水底鱼儿慢慢游。/啊！燕子你说些什么话？/教我如何不想她？"叙及秋季相思，或云午后相思。来读第四节："枯树在冷风里摇。/野火在暮色中烧。/啊！西天还有些儿残霞，/教我如何不想她？"叙及冬季相思，或云傍晚相思。从春季到冬季，从白昼到黑夜，无论何所睹，无论何所听，无论何所触，百折千回，千呼万唤，无不曲径通幽于相思。全诗既有画面，又有音韵，画面有交替，音韵有抑扬，堪称尽善尽美。然则，诗人在伦敦，娇妻在怀，娇女在膝，谁会是那个"她"？"她"者，"故乡"也，"故国"也。1926年，赵元任为《情歌》作曲，颇有舒伯特（Franz Schubert）之风，很快传唱于四海，或当留名于千古。可能正是赵元任，将《情歌》改题为《教我如何不想她》。刘半农亦擅旧体诗，1918年，他写出《听雨》："我来北地已半年，今日初听一宵雨。若移此雨在江南，故园新笋添几许？"1925年，又写出《苏彝士运河》："重来夜泛苏彝士，月照平沙雪样明。最是岸头鸣蟋蟀，预传万里故乡情。"刘半农诗集，除了《扬鞭集》，尚有《瓦釜集》。后者乃是依照江阴"四句头山歌"声调，以方言创作的"拟民歌"。不但白话可以作诗，方言也可以作诗——诗人以这种极端的试验，交臂于胡适，投身于白话诗运动，被赵景深称为"中国Robert Burns"。Robert Burns，亦即彭斯。刘半农曾编成《初期白话诗稿》，付梓于1932年，共收录八家诗人，二十六件作品，却没有收录他自己的一行白话诗。他的胸襟，磊落如此。周树人（亦即鲁迅）曾说刘半农，"是《新青年》里的一个战士。他活泼、勇敢，很打了几次大仗。"须知，刘半农早年只读过中学，却于1912年扬名上海，1917年执教北大，1918年参与成立"小说研究所"，收集"歌谣"，1919年参与倡用"新式标点符号"，1920年命名"鸳鸯蝴蝶派"，进入伦敦大学攻读"实验语音学"，专文指导李大钊编排北大图书馆"新目录"，1921年转入巴黎大学，向蔡元培提出《创设中国语音学实验室的计划书》，1924年出版《四声实验录》，1932年出版《中国文法讲话》和《中国俗曲总目稿》。所译《猫探》《黑肩巾》《欧陆纵横秘史》，所辑所校所印《永乐大典戏文》《金瓶梅词话》《清平山堂话本》《何典》《痴华鬘》《西游补》《浑如篇》《太平天国有趣文件》，林林总总，大都风行士林，甚而惠泽学界。1934年，诗人为绘制《中国方言地图》，亲赴绥远，魂断塞北，诚可谓以身殉学者也。

四、郭沫若（1892—1978）

郭沫若的第二部诗集，《星空》，出版于1923年。诗人曾在卷首引来康德（Immanuel Kant）的名言："有两样东西，我思索的回数愈多，时间愈久，他们充溢我以愈见刻刻常新，刻刻增widening的惊异与严肃之感，那便是我头上的星空和心中的道德律。"如果说"头上的星空"意味着神的秩序、外在的秩序；那么"心中的道德律"意味着心的秩序、内在的秩序。然则对这两种秩序，郭沫若却似乎并无敬畏。他的第一部诗集，《女神》，出版于1921年，或可视为对"头顶的星空"的冒犯；第三部诗集，《瓶》，出版于1927年，或可视为对"心中的道德律"的冒犯。《女神》所录新诗，起于1918年，讫于1921年，大致可以分为三个阶段——泰戈尔（Tagore）阶段、惠特曼（Whitman）阶段和歌德（Goethe）阶段，可对应"五四运动"的前期、中期和后期。该书呈现了狂飙主义的萌动、勃发和低回，其最高价值，则在狂飙主义的勃发。"我虽然不曾自比过歌德，"诗人曾说，"但我委实自比过屈原。"屈原是个什么情况呢？先来读《湘累》："我知道你的心中本有无量的涌泉，想同江河一样自由流泻。我知道你的心中本有无垠的潜热，想同火山一样任意飞腾。"这是女须说给屈原的知心话，当然，这个屈原正是郭沫若的化身。再来读《天狗》："我是一条天狗呀！／我把月来吞了，／我把日来吞了，／我把一切的星球来吞了，／我把全宇宙来吞了。"——此之谓对"头顶的星空"的冒犯，当然，不妨解读为对"旧秩序"的冒犯。还可读《立在地球边上放号》《晨安》和《凤凰涅槃》。狂飙主义的极致，就是玉石俱焚。接着读《天狗》："我剥我的皮，／我食我的肉，／我吸我的血，／我啮我的心肝，／我在我神经上飞跑，／我在我脊髓上飞跑，／我在我脑筋上飞跑。"这样的"生理学排比"，这样的夸口，这样的任性，这样的失控，这样的装疯，这样的寒热病，读来令人忍俊不禁，今天或已很难求得诗人所谓"振动数相同"或"燃烧点相等"的读者。然而谁也不能否认，单就新诗而言——早在二十年代初期，郭沫若就是最凶猛的一个先锋派；正如二十年代中期，鲁迅亦是最凶猛的一个先锋派。郭沫若单凭一部《女神》，好比一部《巨人传》，已然呈现出丰富而复杂的若干种形象 —— 如果起用政治史解读，他是一个嗅觉灵敏的革命者；如果起用思想史解读，他是一个莽撞的启蒙者；如果起用文学史解读，他是一个从头新到脚的立异者。诗人响应了马克思主义、列宁和日本左派思想，孳生了零传统自觉，囫囵带来了泛神论（Pantheism）—— 他用古语集来的一副对联，"内圣外王一体，上天下地同流"，可以直接诠释这个术语，而不必引来他曾提及的"三个泛神论者"，亦即战国的庄子、荷兰的斯宾诺莎（Spinoza）和印度的伽皮尔（Kabir）。综上可知《天狗》或《女神》的意义在于 ——从"文体"的角度讲，首次创造了真正的"新诗"：一种自由、开放、错落、复沓和华彩的"新诗"；从"主体"的角度讲，首次创造了真正的"新我"：一个暴躁、凌厉、张扬、冲动和狂热的"新我"。来读《女神之再生》："姊妹们，新造的葡萄酒浆／不能盛在那旧了的皮囊。／为容受你们的新热、新光，／我要去创造个新鲜的太阳！"也许郭沫若早年的旧句，"神州是我我神州"，已将个人之"新我"等于中国之"新我"。来读《凤凰涅槃》："我们更生了。／我们更生了。／一切的一，更生了。／一的一切，更生了。／我们便是他，他们便是我。／我中也有你，你中也有我。／我便是你。／你便是我。／火便是凰。／凤便是火。／翱翔！翱翔！／欢唱！欢唱！"单从"诗"的而非"五四运动"的角度来看，也许，《炉中煤》和《夜步十里松原》比前引作品都重要；这且按下不表，却说姜涛论《女神》，认定此书既是"新诗合法性起点"，又是"生活构想和自我构想的指南"，似乎已在很大范围内成为一个共识。《女神》的压轴诗，亦即《西湖纪游》，就像是预告了《瓶》。《瓶》所录新诗，起于1925年2月18日，讫于3月30日，大致也能分为三个阶段 —— 盼信阶段、收信阶段、阅信阶段，可对应"西湖情史"的前期、中期和后期。该书呈现了"洛丽塔情结"的萌动、勃发和低回，其最高价值，则在"洛丽塔情结"的低回。那会儿纳博科夫（Nabokov）在柏林，还要等三十年，他才会在巴黎出版小说《洛丽塔》（Lolita）。郭沫若的"洛丽塔"，乃是一个女学生，他们的足迹遍于放鹤亭、抱朴庐、宝叔山（应为宝石山）、宝叔塔（应为保俶塔）、白云庵、孤山及灵峰。因而杭州和西湖，也便相当于歌德的赛森海姆（Sesenheim）。在此以前，诗人先娶张琼华，后乱佐藤富子；在此以后，诗人再娶于立群。《瓶》乃是组诗，《献诗》而外，正文有四十二首。来读《献诗》："我爱兰也爱蔷薇，／我爱诗也爱图画，／我如今又爱了梅花，/我于心有何惧怕？"——此之谓对"心中的道德律"的冒犯，当然，不妨解读为对"旧道德"的冒犯。故事的结局充满了反讽，这个女学生，反而执意于对"旧道德"的盲从。来读第四十二首，诗人引用了她的来信："我今后是已经矢志独身，/这是我对你的唯一的酬报"。你说，这不是害人嘛？诗人还曾撰有书信体中篇小说《落叶》，可以作为《瓶》的注脚，两者都有受到日本"私小说"的影响，只不过前者采用了"少女视角"，后者采用了"中年男性视角"（先后被对方称为"先生""你"和"哥哥"）。《瓶》之价值，仅次于《女神》，两者都演示了歌德的名言："永恒之女性/领导我们走。"诗人此后所作若干种诗集，战歌或颂歌，却都已没有详细讨论的必要。前文曾提及鲁迅，或可再次与郭沫若相比较——前者乃是晚年的、怀疑的、诅咒的文学，后者乃是青春的、向往的、赞美的文学，如果用力拔高后者，或可将前者视为新文学的北极，而将后者视为新文学的南极。

五、徐玉诺 （1893—1958）

无论对外国文学还是中国文学来说，1922 年，都显得尤为重要——这个时间单元，既意味着英美现代派的丰收，又意味着中国新文学的转向。茅盾早就谈到过这个转向，"从青年学生的书房走到十字街头"；他举出来的代表恰是徐玉诺，"从乡村来的人写着匪祸兵灾的剪影"。然则，徐玉诺何许人也？很多年以后，痖弦如是回答：徐玉诺既是一个"真人"，又是一个"白话诗大诗翁"。先来说徐玉诺其人——此君至情至性，不管不顾，曾留下过很多奇事，比如他在洛阳四师教书，送客至车站，因不舍，又送至郑州，仍不舍，又送至北平；困居北平数日后，送盲诗人爱罗先珂回俄国，漫游东三省，索性留在吉林一中教书；他与家人音讯断绝，数年后回到洛阳，家人几疑其为孤魂转世也。欲知此君怪诞行状，可参读张默生的《异形传》——这部奇书，问世于 1944 年。痖弦则举出若干先贤故事——阮籍的"穷途哭"；刘伶的"死便埋我"；拉斐尔（Raffaello Sanzio）带着一只大龙虾，后面跟着一群美少年；王尔德（Oscar Wilde）戴了十个戒指，在黑色衣服上别着一枝绿色康乃馨——以示理解，直欲推荐徐玉诺跻身于"竹林七贤"或"扬州八怪"。再来说徐玉诺其诗——此君既是小说家，又是诗人，很显然，茅盾只注意到他的小说家身份，痖弦则溢美了他的诗人身份。当然，最早还是叶圣陶，首肯了徐玉诺的诗人身份。1921 年 5 月，"那正是新苗透出不容易描绘的绿，云物清丽，溪水涨满的时候"，徐玉诺到了甪直，拜访叶圣陶，此后两者相交日深。徐玉诺对叶圣陶说过两段话，可以解释他的两个诗写之谜。其一，诗人为何仇视"记忆"？来读《杂诗》："假设我没有记忆，/现在我已是自由的了。/人类用记忆把自己缠在笨重的木桩上。"此种"记忆—自由矛盾"，还可见于似乎更佳的《海鸥》。为此，诗人对叶圣陶解释说："在我居住的境界里，似乎很复杂，却也十分简单，只有阴险和防备而已！"既然"记忆"指向"阴险和防备"，那么，"自由"只能求诸"将来"。来读《将来之花园》："我坐在轻松松的草原里，慢慢的把破布一般摺叠着的梦开展;／这就是我的工作呵！我细细心心的把我心中更美丽，更新鲜，更适合于我们的花纹织在上边；预备着……后来……／这就是小孩子们的花园！"在"记忆"与"将来"之间，除了"小孩子"，就只有"自然"算是"自由"的替换品。来读《微风》："平安的自然呵！／从你那低微的歌曲里，／送来了神秘的甜蜜！"这件作品令杜涯叫绝，直呼徐玉诺为大诗人。其二，诗人为何写得"不仔细"？叶圣陶早已发现，徐玉诺为诗，每有别字和漏字。为此，诗人对叶圣陶解释说："我这样写，还恨我的手指不中用。仔细一点儿写，那些东西就逃掉了。"可见在徐玉诺这里，并非"人去找诗"，而是"诗来找人"，以至于搞得作者手忙脚乱。奚密曾借来马拉美（Stéphane Mallarmé）的术语，"危机状态的语言"，来指认徐玉诺的此种特征。1922年6月，徐玉诺诗集《将来之花园》由郑振铎编成，8月由商务印书馆出版。在此之前——从1921年11月，到1922年6月，《时事新报》发起关于散文诗的讨论，焦点正是徐玉诺，他甚至被王任叔认定为"我所最钦敬的散文诗作者"。在此之后——从1924年9月到1927年4月，鲁迅写出散文诗集《野草》，在很多具体或不具体的方面——比如以梦开篇、消极性主体、心理深度、鬼气、黑暗性、死亡欲望、语言的奇诡性、悖论修辞与泛象征主义——借鉴或暗合了《将来之花园》。这个事实无损于《野草》的伟大，同时反证了《将来之花园》的不容忽视，正如徐玉诺所言："真正的诗人，预先吹出：朦胧的火星中的明朗的知识。"

六、宗白华（1897—1986）

北宋人邵雍，道士也，诗人也，思想家也。所著哲学散文《渔樵问对》，借"樵者"之"问"，与"渔者"之"对"，以阐述"理学"而驳难"心学"。渔者曰："万物皆可以无心而致之矣。"樵者曰："敢问无心致天地万物之方？"且让渔者先去杀鱼，先去烹鲜，暂时不必理睬樵者。樵者提出的问题，交由《流云》来答。1923年12月，《流云》出版，作者乃是宗白华。1919年8月，宗白华应邀编辑《学灯》，不久与田汉相识，与郭沫若通信，刊出了后者大量新诗。几位友人频繁通信，热烈论诗，往来尺牍很快编印为《三叶集》。"我们的心像火一样热烈，像水晶一样透明。"但是宗白华的志趣不在新诗，而在哲学或美学，未免稍异于田汉和郭沫若。1920年1月3日，宗白华致信郭沫若，"我们心中不可无诗意诗境，却不必一定要作诗"。4月，宗白华不再编辑《学灯》。5月，留学于法兰克福大学，主攻哲学。1921年2月或3月，转学于柏林大学，主攻美学与历史哲学。1925年7月，回国后任教于东南大学。正是在德国，在柏林，宗白华忽而有了写诗的冲动——"静寂中感觉到窗外横躺着的大城在喘息，在一种停匀的节奏中喘息，仿佛一座平波微动的大海"，"似乎这微渺的心和那遥远的自然，和那茫茫的广大的人类，打通了一道地下的深沉的神秘的暗道"。诗人很快写出若干小诗，总题为《流云》，断续连载于《学灯》。《流云》大概有两个美学上游，一个是王维，一个是歌德（Goethe）（延及德国浪漫派）。王维呢，就特别爱云，曾作《终南别业》，

"行到水穷处，坐看云起时。"歌德呢，也特别爱云，曾作《向霍华德致敬》，——霍华德（Luke Howard）忽发异想，将云分为"卷云""积云"和"层云"，他的"云之分类学"，也就相当于宗白华儿时拟撰的"云谱"。绕来又绕去，说漏了邵雍。邵雍也特别爱云，曾作《重游洛川》，"买石尚饶云，买山当从水。云可致无心，水能为鉴止。性以无心明，情由鉴止已。二者不可失，出彼而入此。"这首五言律诗，见于邵雍所著诗集《伊川击壤集》。这事儿就奇了——邵雍认为，"云"邻于"无心"，"无心"邻于"明"；那么，宗白华的"流云"，是否揭橥了"无心致天地万物之方"？以《流云》所录《夜》为例，此诗可分为 AB 两段，先来读 A 段："一时间，/觉得我的微躯/是一颗小星，/莹然万星里/随着星流。"这是什么意思呢？轮到渔者来答——"以我徇物，则我亦物也"，"我亦万物也，何我之有焉"，归拢为一个反问："何我不物？""徇"，可训为"曲从"。还可参读《夜（其二）》："寂静——寂静——/微眇的寸心/流入时间的无尽。"再来读 B 段："一会儿，/又觉着我的心/是一张明镜，/宇宙的万星/在里面灿着。"这是什么意思呢？也要渔者来答——"以物徇我，则物亦我也"，"万物亦我也，何万物之有焉"，归拢为一个反问："何物不我？"还可参读《生命的流》："我生命的流/是海洋上的云波/永远地照见了海天的蔚蓝无尽。"此类作品当有思想史背景，比如，诗人从郭沫若得来的"泛神论"，从《维摩诘所说经》得来的"须弥纳于芥子说"。然而"有我物"，勿如"不我物"。以《流云》所录《解脱》为例："银河的月，照我楼上。/笛声远远吹来——/月的幽凉/心的幽凉/同化入宇宙的幽凉了！"这是什么意思呢？先请南朝人沈约来答——"惟至人之非己，固物我而兼忘"；再请渔者来答——"所以谓之反观者，不以我观物也。不以我观物者，以物观物之谓也"，归拢为一个反问："又安有我于其间哉？"可见《渔樵问对》，还有《伊川击壤集》，均可并读于《流云》。1920 年 1 月 30 日，宗白华致信郭沫若，"因为已从哲学中觉得宇宙的真相最好是用艺术表现，不是纯粹的名言所能写出的，所以我认将来最真确的哲学就是一首'宇宙诗'"；顺着这个话题往下说，那么，《流云》就是四十八首，或一首，或十万分之一首"宇宙诗"。

七、徐志摩（1897—1931）

徐志摩生前曾说出多条谶语，一则曰"I always want to fly"，再则曰"Kissing the fire"，"想飞"与"吻火"，不意最后同时得到了应验。1931 年 11 月 19 日，据说为参加林徽因的一次演讲，徐志摩乘上一架免费邮班，从南京飞往北京，临近济南时一头撞上了开山（俗称白马山）。飞机，诗人，如同大星陨落，顿时毁于烈焰。消息传来，华夏哀恸，挽联、挽诗与挽文几臻于不绝。新文学阵营自不必说；连学衡派的吴宓，居然也很快写出《挽徐志摩君》："牛津花国几经巡，檀德雪莱仰素因。殉道殉情完世业，依新依旧共诗神。曾逢琼岛鸳鸯社，忍忆开山火焰尘。万古云霄留片影，欢愉潇洒性灵真。""花国"，就是"翡冷翠"（Firenze），今天通译作"佛罗伦萨"。"檀德"，就是但丁（Dante），其故乡正是翡冷翠。此诗有点儿奇怪——说徐志摩"殉情"则可，"殉道"则不可解；说徐志摩"依新"则可，"依旧"则不可解。或许吴宓本意是——你新我旧，有新有旧，新而能旧，旧而能新，不妨碍我们共有一尊诗神？1923 年 5 月，徐志摩演讲说："我最爱中国的李太白，外国的 Shelley。""Shelley"，就是雪莱（Percy Shelley），既是徐志摩的诗神，也是吴宓的西方诗神。对吴宓来说，李太白与雪莱，都是活资源。对徐志摩来说，李太白只是死资源，雪莱才是活资源。卞之琳曾断言，其师徐志摩，一步也没有越出"英国浪漫派雷池"："他给我们在课堂上讲英国浪漫派诗，特别是讲雪莱，眼睛朝着窗外，或者对着天花板，实在是自己在作诗，天马行空，天花乱坠，大概雪莱就是化在这一片空气里了。"为了附议这个话题，并稍微提出异议，须引来江弱水拟定的浪漫派飞禽谱——布谷之于华兹华斯（William Wordsworth）、云雀之于雪莱、夜莺之于济慈（John Keats），以及，黄鹂之于徐志摩。徐志摩自小近视，配了眼镜，才猛地惊见群星璀璨。从华兹华斯，到济慈，也便是这般群星璀璨。来读徐志摩的《黄鹂》："一掠颜色飞上了树。/'看，一只黄鹂！'有人说。/翘着尾尖，它不作声，/艳异照亮了浓密——象是春光，火焰，象是热情。//等候它唱，我们静着望，/怕惊了它。但它一展翅，/冲破浓密，化一朵彩云；/它飞了，不见了，没了——/象是春光，火焰，象是热情。"此诗亦是谶语，姑且按下不表；却说此诗虽学《致云雀》，却有高于雪莱处。一则，先看见颜色，后分清形体，堪比杜甫名句，"青惜峰峦过，黄知橘柚来"，亦堪比苏轼名句，"左牵黄，右擎苍"；再则，直接用形容词，取代名词，创造了全新修辞："艳异照亮了浓密"——这真是一项诗学与语言学的发明！徐志摩的学雪莱，当然，亦曾招致若干非议。虹影之小说《K：英国情人》，女主人公是闵，男主人公是裘利安，前者为后者背诵《再别康桥》，"但我不能放歌，/悄悄是别离的笙箫；/夏虫也为我沉默，/沉默是今晚的康桥"，后者立即将作者判定为"三等雪莱的货色"。然则，误读徐志摩只需要意气，正读徐志摩却需要修为。《再别康桥》细节斑斓，情感翩跹，节奏铿锵，又岂是新诗中的寻常风景？今人动辄揶揄诗人，不知诗人白璧在怀而灵珠在握。来读《沙扬娜拉》："最是那一低头的温柔，/象一朵水莲花不胜凉风的娇羞，/道一声珍重，道一声珍重，/那一声珍重里有蜜甜的忧愁——"来读《偶然》："你我相逢在黑夜的海上，/你有你的，我有我的，方向；/你记得也好，/最好你忘掉，/在这交会时互放的光亮！"两者都是写离别，前者缠绵，后者逍遥，一般文字，两种境界，非大手笔不能为也。况且，前述浪漫派飞禽谱，还可以延伸为维多利亚飞禽谱——鸫鸟之于哈代（Thomas Hardy），以及，杜鹃（杜宇）之于徐志摩。1925 年 7 月，徐志摩拜见了老英雄哈代，"可怜这条倦极了通体透明的老蚕，在暗屋子内茧山麦柴的空缝里，昂着他的褶皱的脑袋前仰后翻地想睡偏不得睡"。徐志摩想求一份纪念品，哈代却拒绝供茶，拒绝题字，拒绝合影，只从花园里给他摘了几朵花。可能谁也没有想到，恰是这个吝啬鬼，却给了诗人以最为丰富的馈赠。什么馈赠呢？且听诗人的回答：除了"阴凄的调儿"，还有"思想的自由""灵魂的特权""倔强的疑问"及"内在的刹那的彻悟"。诗人甚至把"Obstinate questionings"，嵌入了《五老峰》："给人间一个不朽的凭证——/一个'倔强的疑问'在无极的蓝空！"五老峰，便是哈代。来读哈代的《黑暗中的鹃鸟》："这使我觉得：它颤音的歌词，／它欢乐的晚安曲调／含有某种幸福希望——为它所知，／而不为我所知晓"；来读徐志摩的《杜鹃》："他唱，口滴着鲜血，斑斑的，／染红露盈盈的草尖，晨光／轻摇着园林的迷梦"。哈代进入了未知，徐志摩进入了绝望，前者教会后者克制，两者都致力于催熟现代知识分子的"时代心智"。鸟儿啊，鸟儿，都是鸟儿。来听诗人怎么说？"诗人也是一种痴鸟，他把他的柔软的心窝紧抵着蔷薇的花刺，口里不住的唱着星月的光辉与人类的希望，非到他的心血滴出来把白花染成大红他不住口。"哈代并非浪漫派，或可归入后浪漫派。然则后浪漫派，邻于前现代派。从这个角度来审视徐志摩，也就不难理解，何以他在翻译哈代的同时，居然会翻译波德莱尔（Baudelaire），何以他在写出《再别康桥》的同时，居然会写出如此斑驳而现代的《毒药》和《西窗》——从这两件作品可以看出，诗人对爱、美与自由的"信仰"，有时候也会突变为对世界的"疑问"与"诅咒"。回过头来却说，吴宓呢，曾为《挽徐志摩君》写过一篇《附识》："按但丁亦富热情，其性则较雪莱为严正深刻。但丁亦言爱，然非如雪莱之止于人间，失望悲丧，而更融合天人，归纳宇宙，使爱化为至善至美之理想，救己救人之福音。则其爱更为伟大，更为高尚，此但丁为雪莱所莫及之处。使雪莱而得永年，使徐君而今不死，二人者，必将笃志毅力，上企乎但丁可知也。"吴宓不曾正眼看过新文学诸公，何以独对徐志摩赞叹惋惜如此耶？

八、闻一多（1899—1946）

1923 年，梁实秋留学于科罗拉多泉大学，写信给闻一多，并寄去了当地风景图。"你看看这个地方，比芝加哥如何？"孰料闻一多很快离开芝加哥大学，转到科罗拉多泉大学。两位密友此前曾经交臂于清华，如今抵掌于美国，此后还将聚首于上海和青岛。闻一多梦想着与梁实秋退居唐宋，永为芳邻，"西窗剪烛，杯酒论文——我们将想象自身为李杜、为韩孟、为元白、为皮陆、为苏黄"。后来，梁实秋明确指出中国新诗，曾受到美国影象派（Imagist-School）的影响。"影象派"，今天通译作"意象派"。此处所谓"中国新诗"，主要是指闻一多——1923 年，他出版了《红烛》；1928 年，又出版了《死水》。此处所谓"影响"，主要是指听觉－视觉修辞——梁实秋曾经提及意象派罗威尔（Amy Lowell）的"字的画"（Word-Painting），赵毅衡则有提及弗莱契（John Gould Fletcher）的"色彩交响乐"（Color Symphony）。1926 年 5 月，闻一多发表《诗的格律》；此前，从 4 月到 5 月，饶孟侃发表《新诗的音节》和《再论新诗的音节》，一论再论，只论及听觉修辞，未论及视觉修辞。从表面上看，《诗的格律》当是对饶文的延展；从本质上讲，只是对意象派理论的照搬——"我们才觉悟了诗的实力不独包括音乐的美（音节），绘画的美（词藻），并且还有建筑的美（节的匀称和句的均齐）。""格律"与"自然"，正是一对反义词。闻一多曾引来王尔德（Oscar Wilde）的名言，"自然的终点便是艺术的起点"，又引来赵翼的绝句，"绝似盆池聚碧孱，嵌空石笋满江湾。化工也爱翻新样，反把真山学假山"，再三为自己辩护。至于诗人的实践，从《红烛》到《死水》，已然蔚为大观。先来读《忘掉她》第一节："忘掉她，象一朵忘掉的花，——/那朝霞在花瓣上，/那花心的一缕香——/忘掉她，象一朵忘掉的花！"再来读《死水》第三节："让死水酵成一沟绿酒，/漂满了珍珠似的白沫；/小珠们笑声变成大珠，/又被偷酒的花蚊咬破。"两件作品不仅"格律"来自意象派，"意象"也取自美国诗——前者脱胎于蒂斯黛尔（Sara Teasdale）的一首小诗，后者脱胎于米蕾（Ednast-Vincent Millay）的一首十四行诗无疑。汉学家白之（Cyril Birch）曾提醒赵毅衡，要注意后面这条更隐秘的影响通道。闻一多迷恋视觉修辞如此，卞之琳却认为，他的"最先进的考虑"恰在听觉修辞——其一，"音尺"（metric foot）的搭配，比如《死水》，每行都是由一个"三字尺"和三个"二字尺"构成；其二，"阴韵"（feminine rhyme）的讲究，比如《飞毛腿》，"还吹他妈什么箫，你瞧那副神儿，/窝着件破棉袄，老婆的，也没准儿"，两行倒数第二个字"神"和"准"押韵。其实，中国古代亦有"阴韵"——来读孔子《临终歌》，"泰山其颓乎，梁木其坏乎，哲人其萎乎"，"颓""坏"和"萎"押韵；还有"阴阳韵"——来读《老子》，"惚兮恍兮，其中有象；恍兮惚兮，其中有物"，"象"与"恍"押韵，"物"与"惚"押韵。回过头来却说《忘掉她》，乃是为夭折的小女儿而作，故意将"相忆"伪装成"相忘"；《死水》，乃是为西单的臭水沟而作，故意把"审丑"伪装成"审美"。然而此类主题并非诗人的热衷；诗人的热衷乃是"国家主义"，亦即江弱水所谓"华夏中心主义"。1924 年，闻一多和梁实秋在芝加哥，组织清华留美学生成立大江学会，"不愿侈谈世界大同或国际主义的崇高理想，而宜积极提倡国家主义"。此前此后，均有端倪。先来读诗人此前写给友人的信："我所想的是中国的山川，中国的草木，中国的鸟兽，中国的屋宇——中国的人。"再来读诗人此后写给祖国的诗："有一句话说出就是祸，/有一句话能点得着火。/别看五千年没有说破，/你猜得透火山的缄默？/说不定是突然着了魔，/突然青天里一个霹雳/爆一声：'咱们的中国！'//这话叫我今天怎样说？/你不信铁树开花也可，/那么有一句话你听着；/等火山忍不住了缄默，/不要发抖，伸舌头，顿脚，/等到青天里一个霹雳/爆一声：'咱们的中国！'"此类作品，还有很多，可以专文研究。梁实秋认为闻一多的"铿锵"，来自吉卜林（Rudyard Kipling），进而指出，前者的《洗衣歌》模仿了后者的《军靴》。至于闻一多的"国家主义"，乃是一种文化中心论；而吉卜林的"帝国主义"，则是一种文化殖民论。当然，也就不能简单认定，前者乃是后者的不当影响所致。却说梁实秋与闻一多，终不免，"你走你的阳关道，我过我的独木桥"。1946 年 7 月 15 日，云南大学举行李公仆殉难报告会，闻一多慷慨演讲，痛斥当局，"我们随时象李先生一样，前脚跨出大门，后脚就不准备再跨进大门"，其后诗人昂首出门，步行回家，被暗杀在西仓坡，诚可谓舍生取义者也。

九、俞平伯 (1900—1990)

1922 年 3 月，《冬夜》出版，作者是俞平伯。这位诗人意识到，白话诗的难处"不在白话上面，是在诗上面"，其使命乃是"推翻诗的王国，恢复诗的共和国"。在此以前，仅有三部白话诗别集：1920 年 3 月，《尝试集》出版，作者是胡适；5 月，《诗歌集》出版，作者是叶伯和；1921 年 8 月，《女神》出版，作者是郭沫若。《女神》已然跳出白话诗窠臼，这是闲话不提；却说俞平伯生于苏州，祖籍湖州。德清俞氏家族，可谓代有名士。其父俞陛云，曾祖父俞樾，均以诗文学问鸣世。俞樾乃是一位朴学大师，精通经学、子学与文学，著有五百余卷《春在堂全书》，章太炎和吴昌硕均曾立雪其门。他曾告诫子孙："学古人诗，宜求其意义，勿猎其浮词。"然而，这条祖训，后人遵守得并不好。比如说俞平伯谈到的两个理想，"一个是自由，一个是真实"，偏了了闻一多论及的两个后果，"一个在云外，一个在泥中"。前者作品大致可以分为两类，贵族类与平民类；后者认为贵族类作品在"云外"，而平民类作品在"泥中"。《冬夜》所录白话诗，"其直如矢，其平如砥"，只有四首能入闻氏法眼，亦即《黄鹄》《凄然》《小劫》和《归路》，颇有"超自然的趣味"；尤以《凄然》，乃是"最佳的音节的举隅"。闻氏怎么评价《冬夜》？"优点是他音节上的赢获，劣点是他意境上的亏损。"所谓"意境"，所谓"音节"，大约，也就等于俞樾所谓"意义"与"浮词"。俞平伯的"音节"来自何处？旧诗，词，小令，散曲。先来读《春水》："五九与六九，抬头见杨柳。/风吹冰消散，河水绿如酒。"此诗发表于《新青年》四卷五号，时在 1918 年 5 月，同期发表了鲁迅小说《狂人日记》。此诗并未被收入《冬夜》；那就再来读《冬夜》中的《北固山甘露寺顶》："左拥，右抱，金和焦；/下有惯洗人间幽恨的，/长江上下潮。""金山和焦山"，简作"金和焦"，只为与"潮"押韵。上文谈了"赢获"，下文再谈"亏损"。闻氏也有毒舌，他不依不饶，着重指出俞平伯的两个问题——其一，"幻想"过于"空疏"。他说诗人的"字眼"，都来自"旧文库"。呵呵，难道是家传的"旧文库"？并说韦利 (Arthur Waley) 对汉语的指疵，动辄把"天"称为"青天""蓝天""云天"，不敢把"天"称为"凯旋"（triumphant）或"鞭于恐怖"（teror scourged），恰好也可以用于对《冬夜》的批评。其二，"情感"不到"白热"。"只有男女间恋爱的情感，是最烈的情感，所以是最高最真的情感。"然则，俞平伯把短诗拉成了长诗，导致了情感的降温，即便是情诗也写得不如人意。可参读《菊》和《愿你》。当然，俞平伯偶亦有"意义"或"意境"的胜利，来读《银痕》："高下的碧玉中间，/有了白银的泡沫，/显是风的痕迹了。"——这也许便是所谓"兴到疾书"？诗人的两个问题，很快，就得到了较好的矫改。因为他坚信诗人乃是"真率的小孩子"，乃是"小孩子的成人"，而"小孩子"恰有闻氏孜孜以求的"幻想"和"情感"。1924 年 4 月，诗集《西还》出版；1925 年 12 月，组诗《忆》出版。前者收有儿童诗《儿语》，共有四首；后者动笔于 1922 年，截稿于 1923 年，全是儿童诗，共有三十六首，来读第二十二首："乍听间壁又是说又是笑的，/'她来了吧？'/《礼记》中尽是些她了。/'娘！我书已读熟了。'"设若闻氏览及，也该叫绝了吧？组诗《忆》出版，果然得了礼遇——孙福熙作封面，丰子恺配图，朱自清作跋；全书手写影印，采用丝线装订；书前印有献词，"呈吾姊"，印有题记，"瓶花妥帖炉香定，觅我童心廿六年"。"吾姊"叫作许宝驯，自小与诗人长大。1917 年（丁巳），他俩结为连理。1924 年，从杭州迁居北京。诗人渐弃新诗，转向旧体诗词曲。据张中行回忆，诗人曾说，

"写新诗，摸索了很久，觉得此路难通，所以改为写旧诗"。1977 年（丁巳），诗人写出歌行体长诗《重圆花烛歌》，可以作为组诗《忆》之注脚。比如，"花好闲园胜曲园，青梅竹马嬉游在"，"高丽匣子珊瑚色，小蜡溶成五彩珠"，"小院琴声佳客来，青萤照读灯花喜"，分别就是《忆》之第十六首、第三首和第二十二首之注脚。新诗与旧体诗，而有互文性（intertextuality），或也算得上是天下奇观。至于"闲园"，诗人外祖父故居也；"曲园"，诗人曾祖父故居也，俞樾因以自号曲园居士。《重圆花烛歌》有个小序，思昔抚今，宜于引来作结："前丁巳秋，妻许来归，于时两家椿萱并茂，雁行齐整。余将弱岁，君亦韶年。阅识海桑，皆成皓首。光阴容过，甲子再臻，京国移居，负疴养拙，勉同里唱，因事寓情焉尔。"

十、冰心（1900—1999）

1924 年 4 月 12 日，诗翁泰戈尔（Tagore）访问中国。30 日，前往日本。当他走出旅舍，离开北京，有人提醒他："Anything left？"他愀然作答："Nothing but my heart."——"落下什么没？""没落下什么，除了我的心。"那个时候，冰心正就读于美国威尔斯利女子大学，因肺病导致吐血，只好从慰冰湖（Lake Waban），转移到青山（The Blue Hills）疗养院。也许可以这样来表述——早在 1919 年的冬天，冰心就已拾到泰戈尔的心，因为她就着火炉，惊喜地读到了《迷途的鸟》（Stray Birds，或译为《飞鸟集》）。此前虽有陈独秀、郭沫若和刘半农零星试译泰戈尔，直到 1922 年的秋天，郑振铎所译《飞鸟集》才得以出版。从 1919 年到 1921 年，冰心的新诗写作大致可以分为两条线，隐线和显线，所谓隐线就是指诗人受《飞鸟集》点拨，写作而暂未发表《繁星》（诗集）；所谓显线就是指诗人受《圣经》熏育，写作并公开发表《圣诗》（组诗）——根据万平近和汪文顶的研究，诗人顶礼并取材于《约伯记》《诗篇》《以赛亚书》《路加福音》《约翰福音》等篇，分别写出了《黄昏》《夜半》《他是谁》《客西马尼花园》《骷髅地》等诗。来读《夜半》："上帝啊！你安排了这严寂无声的世界。/从星光里，树叶的声音里/我听见了你的言词。/你在哪里，宇宙在哪里，人又在哪里？/上帝是爱的上帝，/宇宙是爱的宇宙。/人呢？/上帝啊！我称谢你，/因你训诲我，阿门。"延及 1922 年 1 月，《繁星》才连载于《晨报副刊》；1923 年 1 月，《繁星》出版，共计一百六十四首；1923 年 5 月，《春水》出版，共计一百八十二首。两部诗集，如切如磋，可以称为姊妹篇。却说"繁星"两个字，清辉泻地，到底来自哪儿呢？也许非仅来自中国的"夜空"，而亦来自印度的"夜空"或泰戈尔的"心空"，可参读《飞鸟集》第六首、第八十一首、第一百一十三首、第一百四十六首、第一百六十三首、第二百四十首或第二百八十六首。可见泰戈尔就是冰心的"繁星"，正如冰心就是中国小读者的"繁星"。泰戈尔左手拿着"热烈的泛神论"，传给了郭沫若，右手拿着"爱的宗教"，更加慎重地传给了冰心。从《繁星》到《春水》，都是"爱的诗篇"——爱父母，爱小孩，爱自然。来读《繁星》第一首："繁星闪烁着——/深蓝的天空，/何曾听得见他们对语？/沉默中，/微光里，/

他们深深地互相颂赞了。"第四十三首："真理，/在婴儿的沉默中，/不在聪明人的辩论里。"来读《春水》第一百〇五首："造物者——/倘若在永久的生命中/只容有一极乐的应许。/我要至诚地求着：/'我在母亲的怀里，/母亲在小舟里，/小舟在月明的大海里。'"此类作品很快风行中国，被称为"繁星体"或"春水体"，吸引了很多诗人加入"小诗的竞写"。1923 年 12 月，《流云》出版，作者宗白华坦言，恰是冰心"拨动了"他的"久已沉默的心弦"。那个时候，如果说郭沫若成了创造社最亮的诗星，冰心就成了文学研究会最亮的诗星。这是《繁星》和《春水》的喜报，还是《飞鸟集》的喜报呢？这是冰心的捷报，还是泰戈尔的捷报呢？在"袭用""化用"与"匠心独用"之间，冰心能否得得泰戈尔以外的原创价值呢？泰戈尔和冰心各写有一首《纸船》，那就不妨稍加比较——纸船 A 被放进了"溪中"，纸船 B 被抛入了"海里"；纸船 A 载着"睡仙"和"篮子"，纸船 B 载着"爱"和"悲哀"；纸船 A 呼唤着天上的"船"，纸船 B 粘上了海里的"舟"；纸船 A 驶向"住在异地的人"，入了"我"的"梦"，纸船 B 驶向"母亲"，入了"你"的"梦"。泰戈尔的《纸船》，神秘而辽阔，仿佛献给人类，或可称为"复数之诗"；冰心的《纸船》，紧张而怯弱，只愿献给母亲，或可称为"单数之诗"。这样，我们就松了一口气——冰心学泰戈尔无疑，然则，她总是能够有别于甚至并驾于后者。1923 年 7 月，梁实秋拿出一顶桂冠——"天才的作家"，献给散文家和小说家冰心，却不愿意献给诗人冰心。这位杭州才子，刚二十岁，真可谓年少轻狂。1933 年 9 月，王哲甫出版《中国新文学运动史》，才为诗人冰心抢回这顶桂冠，"她是新文学运动中最早的，最有力的，最典型的女诗人"，"在诗坛上已经有了不朽的地位"。1925 年以后，冰心几乎弃写新诗；1953 年以后，诗人多次访问印度——她当然去过孟加拉，去过诗翁故居，并伫立于那棵七叶树下，彼时泰戈尔已经离世十二个春夏。

215

十一、李金发（1900—1976）

李金发错过或绕开了新文学运动，转而自置于若干个非汉语的密封舱——1918 年，从春天到秋天，他一直在香港读中学；1919 年，春天，他与朱亚凤成婚，夏天，考入留法预备学校，冬天，乘上一艘开往马赛的英国商船。李金发到法国，辗转多地，先学法语，后学美术，主攻雕塑。1924 年，冬天，取道意大利；1925 年，春天，乘上一艘开往上海的日本客轮。从 1922 年到 1924 年，李金发写出三部诗集，其中《微雨》成稿于 1922 年，巴黎，是年朱亚凤因病自杀；《食客与凶年》成稿于 1923 年，从巴黎到柏林，是年与屐妲（Gerta Scheuermann）相恋；《为幸福而歌》成稿于 1924 年，从巴黎到威尼斯，是年与屐妲成婚。《食客与凶年》？书名有点儿扯，其实呢，说穿了也就那么回事儿——德国经济极为困难，马克贬值，谓之"凶年"也；诗人结伴前往柏林，低价买欢，谓之"食客"也。1923 年 5 月，诗人为这部诗集写了一篇小跋："余每怪异何以数年来关于中国古代诗人之作品，既无人过问，一意向外采辑、一唱百和、以为文学革命后，他们是荒唐极了的，但从无人着实批评过，其实东西作家随处有同一之思想、气息、眼光和取材，稍微留意，便不敢否认，余于他们的根本处，都不敢有所轻重，惟每欲把两家所有，试为沟通，或即调和之意。"可见诗人于新文学运动，已生龃龉；而于东西合璧，已生憧憬。这样的卓见，在当时，算得上是空谷跫音。然则诗人做得怎么样呢？

先来看李金发的"化欧"——诗人曾老实承认，他写新诗，主要受教于波德莱尔（Baudelaire）和魏尔伦（Paul Verlaine），后两者都是法国象征主义的先驱。来读《微雨》开卷作品《弃妇》："我的哀感唯游蜂之脑能深印着 / 或与山泉长泻在悬崖，/ 然后随红叶而俱去。"此诗诠释了波德莱尔的《应和》，"芳香、颜色和声音在互相应和"。何谓"应和"（今天通译作"契合"）？宋人梅尧臣的《续金针诗格》，已然有所涉及，"诗有内外意：内意欲尽其理，外意欲尽其象"；近人梁宗岱的《象征主义》，说得更加清楚，"所谓象征是借有形寓无形，借有限表无限，借刹那抓住永恒"。来读《为幸福而歌》开卷作品《初心》："生命是深夜之风的微嘶，/ 昏醉之船的微荡，/ 随岸到泉之源，张耳分析音调？""契合"也罢，"象征"也罢，终不如朱自清说得好：就是"远取譬"，而非"近取譬"。本体是一个墩，喻体是一个墩，两者跨度大，就是"远取譬"，两者跨度小，就是"近取譬"。跨度越小，桥面越安稳；跨度越大，越容易坍塌。象征主义也罢，形式主义也罢，都是为了求个履险如夷。比如，李金发就能在"粉红之记忆"与"朽兽"，"她"与"烦闷以外之钟声"，"叫声"与"湿腻的轻纱"，"星儿"与"晨鸡般呼唤"，"雾气"与"车"，"心房"与"岩石"，"生命太枯萎"与"牲口践踏之稻田"，"辛酸"与"破甑般狼藉"之间实现"远取譬"。可读《夜之歌》《她》《诗人凝视……》《在淡死的灰里》《春思》《永不回来》《时之表现》和《夜雨孤坐听乐》。其中，《夜之歌》明显取法于波德莱尔的《腐尸》。仅从修辞的角度来看，"应和"和"远取譬"确是象征主义的热爱；而从调式的角度来看，"颓废"和"死亡"才是象征主义的偏嗜。"颓废"就是"欲望"，"死亡"已成"冲动"，李金发过得挺好呢，却患上了"颓废强迫症"或"死亡强迫症"。比如说吧，他在德国，几乎天天与那个德国美少女厮混。来读《回忆 Nikolasee 之游》："任何沧海之西，峻岭之东的山谷和人羊神 / 都欣喜我们参与他们的静寂"，"虽然你未明白的允诺，/ 两唇如孤鹰攫兔般疾下了。"生活如此幸福，偏要模仿文学——当然，正是象征主义。来读《有感》："生命便是 / 死神唇边 / 的笑。"《为幸福而歌》意在向展妲示爱，而这首《有感》，却是向波德莱尔致敬，堪称这部诗集中的乱弹琴。诗人只有二十四岁，"幸福"属实，"死亡"约等于表演。再来看李金发的"化古"——诗人曾老实注明，他写新诗，也会借句于范成大、姜夔和庄子，后三者都是中国古典诗或古典哲学的重镇。以《食客与凶年》为例，《流水》以"欲凭江水诉离愁，江水东流那肯更西流"为题记，出自范成大《南柯子》；《游 Wannsce》以"看尽鹅黄嫩柳，都是江南旧识"为题记，出自姜夔《淡黄柳》；《Sagesse》以"送君皆自崖而返，君自此远矣"为题记，出自庄子外篇《山木》。当然，好的时候，李金发也不限于生搬硬套。来读《闺情》："风与雨打着窗，正象黄梅天气，/ 人说夫婿归来了，奈猿声又绊着行舟。"除了波德莱尔《恶之花》的调式，诗人还用上了《古文观止》的句式，或鸳鸯蝴蝶派徐枕亚《玉梨魂》的句式。然而，对李金发的法语和文言，屡有行家——比如冯至、孙席珍和卞之琳——出来表示怀疑。法语，他会写得不对；文言，也会写得不通。比如"chao"，似应为"chaos"，参读《忆上海》。又如"节奏而谐和也"，似应为"节奏亦谐和矣"，参读《给蜂鸣》。其《题自写像》，似乎已有自辩："我有草履，仅能走世界之一角，/ 生羽么，太多事了啊！"结果怎么样呢？"化欧"不成，只得了夹生的象征主义；"化古"不成，只得了夹生的古典主义。两种夹生，一样晦涩。胡适讥之为"笨谜"，李金发奉之为"妙法"。就有赵毅衡出来说——李金发虽是"无能晦涩"（Inept Ambiguity），却非"不诚实朦胧"（Insince Obscurity）。不管怎样也不得不承认，1925 年 10 月 16 日，《语丝》第十四期刊出《弃妇》，"长发披遍我两眼之前，/ 遂隔断了一切羞恶之疾视，/ 与鲜血之急流，枯骨之沉睡"，已成为象征主义在新诗中的发轫——借来李金发的爱词，当然，这只是一次"张皇"而"生强"的发轫，一次"无牙之颚，无色之颧"的发轫。雨果（Victor Hugo）说波德莱尔，"创造了一个新的战栗"，这句话完全可以移用于李金发。1925 年，夏天，诗人回到中国。此后，得诗较少，未成专集。诗人成立雕塑作坊，很快接到订单，为孙中山做铜像。宋庆龄和孙科时来观摩，前者要求做得英气勃勃，后者要求做得老成持重。结果呢？"东一修，西一修，两败俱伤"。可见这位诗人的雕塑运，不免稍逊于这位雕塑家的诗运。

十二、废名（1901—1967）

　　卞之琳曾经避居于多处幽地，由昆明的东山林场，而鼋头渚的广福寺，而英国中世纪小镇茨渥尔德（Cotswold），只为写出——并英译出——其长篇小说《山山水水》。书中写到一个野衲式人物，"廖虚舟"，绰号"玄学先生"，"他在北京大学教一两小时课，本似乎只是一生修禅学道的一点点消遣而已。外边人觉得他总是冷冷的，相当古怪；跟他熟识的却知道他热心而近人情"。这个野衲式人物，原型就是废名，原名叫作冯文炳。据说，其人相貌奇古，眉棱奇高，额如螳螂，声音哑涩，性情拘执。废名与徐志摩都是卞氏的师辈，卞氏认为"徐文不如徐诗，冯小说远胜冯诗"。实则废名的诗，就是小说的片断，他的小说，就是诗的连缀。他曾多次谈到，写小说，就像"陶潜、李商隐写诗"或"唐人写绝句"。姑且先举几个外围证据，其一，几个古人（主要是唐人）的用字与设色，比如庾信的"草无忘忧之意，花无长乐之心"，"霜随柳白，月逐坟圆"，"物受其生，于天不谢"，张籍的"夜月红柑树，秋风白藕花"，李商隐的"姮娥无粉黛，只是逞婵娟"，李咸用的"春雨有五色，洒来花旋成"，既有影响废名的诗，也有影响他的小说。其二，废名自呈的艺术信条，"我们在日光下所能见到的一切，永不及那窗玻璃后见到的有趣"，同时适用于他的诗与小说，——这个艺术信条出自波德莱尔（Baudelaire）的《窗》，被诗人引来，置顶于小说集《竹林的故事》。其三，马良春拈出的废名美学，"'跳'得很大，'空'得很长"，同样适用于他的诗与小说。现在，先来读《妆台》："因为梦里梦见我是个镜子，/ 沉在海里他将也是个镜子，/ 一位女郎拾去，/ 她将放上她的妆台。/ 因为此地是妆台，/ 不可有悲哀。"这件作品只有六行，就如一篇小小说，共有两个人物：一个是"我"（"他"也是"我"），一个是"她"，两者都有可能是"梦见"和"不可有悲哀"的主语。这个梦中梦，便如"两镜互照，重重涉入，传曜相写，造出无穷"——此乃唐人澄观之语，出自《华严经疏钞玄谈》。此诗结句"不可有悲哀"，便如布勃卡（Sergey Bubka）的撑竿跳，又如孙悟空的跟斗，几乎与前面五行断绝了关系。诗人说来却很简单，"女子是不可以哭的，哭便不好看，只有小孩子哭很有趣"，这种哲学早已见于他的小说《桥》。却说梦中梦，乃是诗人常用结构，还可参读《渡》《无题》和《梦中》。再来读《掐花》："我学一个摘花高处赌身轻，／跑到桃花源岸攀手掐一瓣花儿，／于是我把他一口饮了。／我害怕我将是一个仙人，／大概就跳在水里淹死了。／明月出来吊我，／我欣喜我还是一个凡人／此水不现尸首，／一天好月照彻一溪哀意。""摘花高处赌身轻"是吴梅村的佳句，"桃花源"是陶渊明的净土。这件作品只有九行，就如一出独幕剧，或有三个人物：一个是"我"，一个是"吴梅村"，一个是"陶渊明"。后两者，似乎在场，而又缺席。许地山有个小说《命命鸟》，写到一对情人蹈水而死，水却将他们的尸首浮出。诗人反写这个小说，以证"海有五德，一澄净，不受死尸"。此乃鸠摩罗什之语，见于其弟子，东晋人僧肇所注《维摩诘所说经》。后来，为批驳熊十力的《新唯识论》，诗人写出了一部《阿赖耶识论》。难道，诗人真个是佛家？且慢，廖虚舟的自辩，或等于废名的自辩："你看我实在并不是一个佛家，我只是拿佛家想法的空灵来清疏了我儒家头脑的踏实。"小孩子与佛家，不隔一层纱。小孩子的没心没肺，或等于佛家的无色无相。故而废名的诗，宜于简单读解，不宜于复杂读解。比如，他的《理发店》和《灯》，无理，无解，无涯，或等于小孩子的胡闹。小孩子的胡闹，强于大人的胡闹。早在 1922 年，废名致信胡适，上来就说，"先生不认识我是怎样一个小孩子，我可认识先生"。先生，就是大人。废名的诗与小说，便是这样，既晦涩又简直，既冲淡又纤秾，既玄远又亲切，既干枯又温润，创造了独特的文体。诗人自视之高，也颇令人意外，"我的诗也因为是天然的，是偶然的，是整个的不是零星的，故又较卞之琳林庚冯至的任何诗为完全了"，"若就诗的完全性说，任何人的诗都不及它"。这个口气，听来好熟？对了，废名的自矜，或等于廖虚舟的自矜："我得忠于我与土地的关系，忠于我在永恒里的位置。"然则在文学史上，小说家废名，诗人废名，两者皆寂寞，后者更寂寞，就像宴会上的廖虚舟，"此刻又被大家忘记了，可是他还是泰然自若"。这里，有必要举出一个旁证——废名的抒情小说较多影响到沈从文和汪曾祺，他的诗较少影响到卞之琳，反倒是他的抒情小说较多影响到卞之琳的诗。按照朱光潜的提醒，高恒文找到了一个佐证——先来读废名的小说《桥》："终于徘徊于一室，就是那个打扮的所在。不，立在窗外，确如登上了歧途，徘徊，勇敢地一脚进去……诗云'鸢飞戾天，鱼跃于渊'，此盖是小林踏进这个门槛的境界。真是深，深，——深几许？……镜子是也，触目惊心。……于是云，雨，杨柳，山……"；再来读卞之琳的《无题》："窗子在等待嵌你的凭倚。／穿衣镜也怅望，何以安慰？／一室的沉默痴恋着点金指，／门上一声响，你来得正对！／／杨柳枝招人，春水面笑人。／鸢飞，鱼跃；青山青，白云白。／衣襟上不短少半条皱纹，／这里就差你右脚——这一拍！"小说写室外男子进门去见女子，诗写室内女子在等男子进门，两者互补，就好似一次约会的"分角色叙述"。

杨碧薇专栏
YANG BIWEI's Column

妙造自然：第六代电影的日常诗心

妙造自然：第六代电影的日常诗心

杨碧薇

　　自然，是一种自存自在的审美状态，尤其在道家思想中，它既具有本体论意义，又是最为上乘的（审美）境界。刘勰在《文心雕龙·明诗》中强调："人禀七情，应物斯感，感物吟志，莫非自然。"[1] 后司空图又在《诗品·自然》中进一步阐释："俯拾即是，不取诸邻。俱道适往，著手成春。"[2] 他进而提出"妙造自然"一说："碧山人来，清酒深杯。生气远出，不著死灰。妙造自然，伊谁与裁？"[3] 在他看来，自然中有生气，有精气神。妙造自然，就是说诗人应该有自然的状态和真情实感，让情感和思绪自然流露，从中反映出勃勃生机。中国古典诗学重视"自然"观念，陶渊明的"采菊东篱下，悠然见南山……此中有真意，欲辨已忘言"（《饮酒·其五》），王维的"行到水穷处，坐看云起时"（《终南别业》）等，都是这一观念的生动展示。

　　中国电影在表达诗性时，也有对"妙造自然"的追求，这集中体现在第六代导演身上。关于第六代导演，我在本专栏的前续文章《最后的作者电影》里已有介绍。他们大多出生于 20 世纪 60—70 年代，在他们成长之际，市场经济已对社会生活的诸多方面发挥"操盘"作用，固化已久的社会阶级开始重组，旧的观念在瓦解，新的秩序尚未建立，人们变得无所适从，肉身和灵魂都在迷茫

[1] 刘勰：《文心雕龙》，黄叔琳注，纪昀评，李详补注，刘咸炘阐说，戚良德辑校，上海：上海古籍出版社，2015 年，第 31 页。

[2] 司空图：《二十四诗品》，何文焕辑：《历代诗话》，北京：中华书局，1981 年，第 40 页。

[3] 司空图：《二十四诗品》，同上，第 41 页。

中。成长中的第六代目睹着这一切，急切地需要一种与前代不同的电影表达方式。因此，他们并没有重蹈前人覆辙，而是另辟蹊径，走上新的美学之路。第六代深受纪实美学影响，而纪实，是最靠近自然的一种表达。在中国电影史上，正是第六代电影将纪实美学发扬光大。在第六代之前，"乔装打扮"是中国电影里少不了的配置，即使在一些优秀的影片如《早春二月》中，仍能看出人为的"设计感"。自第四代提出"丢掉戏剧的拐杖"后，设计感曾在一度时间内慢慢减弱，黄健中的《如意》、吴贻弓的《月随人归》等影片都在有意识地游向日常生活，力争朴实自然。但随之而来的第五代，又将电影带入了对传奇的迷恋中。总的来说，第五代对传奇的热情是十分高涨的，在他们的高光时期，即使有孙周的《心香》等少数几部偏向于日常性的电影，也改变不了第五代在整体上对传奇思维的依赖。对传奇的"迷信"直接导致了第五代在下一阶段向奇观电影（spectacle movie）靠近。

与前代电影形成强烈对比的是，第六代有一种清晰的纪实美学走向。他们对纪实美学的接受，或反映在主题思想上，或表现在具体镜语中。在纪实美学的影响下，第六代以更朴素、贴切的手法呈现出了日常生活的诗心；不管是影片立意还是视听语言，都呼应了妙造自然的审美追求。

一、去传奇化：反崇高和反高潮

电影和小说一样，是虚构的绝佳载体，而电影的另一极，则是纪实性。纪实性伴随着电影的产生，并一直延续下来。从卢米埃尔兄弟的《火车进站》（1895）、《工厂的大门》（1895）开始，电影就将镜头对准了日常生活。中国电影亦不乏对日常生活的展现，但在剧情片的设定下，很多日常生活都是"被构造的日常性"，具有强烈的设计感。这种"被构造的日常性"服膺于影片的虚构逻辑，表现的是"虚构中的真实"而非"真实中的真实"。例如，《早春二月》（1963）、《芙蓉镇》（1987）、《红衣少女》（1985）等老电影，虽有日常的外壳，但其本质都是"被构造的日常生活"；其中的日常，无异于电影为了表达某种理念而去创设的"道具"。这些日常，在真正的现实生活中并不具备代表性，因此仍然是凌空的，与真实生活有明显的距离。第六代电影中的日常生活固然也是虚构的，但因为有整体的纪实美学背景，故其显示出来的虚构性又是最弱的，更多的是给人以真实亲近之感。

由安德烈·巴赞（André Bazin）提出的纪实美学理论，在中国经历了近半个世纪的旅程。20世纪70年代末80年代初，白景晟发表《谈谈蒙太奇的发展》[1]一文，开创了中国电影界研究纪实

---

[1] 参阅白景晟：《谈谈蒙太奇的发展》，《电影艺术》，1979年第1期。

美学的先河。接下来，张暖忻、李陀在《谈电影语言的现代化》中肯定了纪实美学观念。在那个电影普遍受浮夸风所害、严重失真的年代，纪实美学很快就被第四代导演接受。在巴赞的纪实美学理论中，对中国电影影响最大的是影像本体论。从现实意义上来说，巴赞肯定摄影技术的客观性："摄影与绘画不同，它的独特性在于其本质上的客观性。况且，作为摄影机的眼睛的一组透镜代替了人的眼睛。"[1] 因此，电影能够再现事物原貌："唯有摄影机镜头拍下的客体影像能够满足我们潜意识提出的再现原物的需要，它比几可乱真的仿印更真切。"[2] 那么，电影该做的就是还原现实："摄影的美学特性在于揭示真实。"[3] 在这种真实美学观的基础上，巴赞又从审美角度对纪实美学提出具体的操作要求，即长镜头（景深镜头）的运用（下文有详谈）。

第四代虽然是纪实美学的拥趸者，但受时代局限，他们的影片中仍存留着明显的设计感和表演性，离合格的纪实美学还有一段距离。经过近二十年的演变，纪实美学才在第六代导演那里找到了栖息地。受纪实美学观念的影响，第六代导演有了反传奇化的自主意识，主张让电影回归生活的本来面貌。他们的倡导与90年代新写实主义文学不谋而合，都呈现出反崇高、反高潮特征，其中，反高潮是反崇高的必然输出：作品不再以崇高感为准则，也不再刻意地追求情节的高潮，而是要让故事回归自然而然的生活状态。最有意思的是，第六代早期基本在践行一种反市场化、独立制作的作者电影模式，但他们影片中的反崇高／反高潮特征又与大众化／消费主义有着表面上的吻合。如果不深入第六代电影的精神维度，就无法辨别出二者在深层内部的不同。无论如何，第六代的纪实选择在中国电影史上是一次极大的革命，推动了电影的发展。

在去传奇化方面，贾樟柯的《二十四城记》比他著名的"故乡三部曲"（《小武》《站台》《任逍遥》）更能说明问题。"故乡三部曲"的纪实美学特征已被讨论得太多，而《二十四城记》折射出的纪实美学思想是更为深刻复杂的，这首先与影片采用的形式有关。同样是虚构的故事，"故乡三部曲"是按顺叙的模式去演绎的，而《二十四城记》的表达方式主要是口头讲述，并非对故事情节的形象演绎。在《二十四城记》里，讲述者坐在镜头前，对着摄影机讲述自己与老工厂的故事。这些讲述者分为两组，第一组是老工厂的原有职工，共有五位，他们在这所军工厂工作生活了一辈子；第二组是专业演员，分别是吕丽萍、陈冲、赵涛，她们饰演工厂的三代"厂花"，发生在她们身上的故事当然是虚构的，但其中必然包含现实依据。纪录片式的形式，加强了演员讲述的真实性，仿佛演员也与另外五位受访者一样，真的是这所工厂的老职工。加之讲述者的机位都是固定的，肢

[1] 安德烈·巴赞：《电影是什么》，崔君衍译，北京：中国电影出版社，1987年，第11页。
[2] 安德烈·巴赞：《电影是什么》，同上，第12页。
[3] 安德烈·巴赞：《电影是什么》，同上，第13页。

体语言极少，基本是靠口头语言陈述，所以影片在最大程度上去除了表演性。这种设置并非无意，相反，贾樟柯是经过了深思熟虑的，他说："当代电影越来越依赖动作，我想让这部电影回到语言。'讲述'作为一种动作被摄影机捕捉，让语言去直接呈现复杂的内心经验。"[1] 在精心设计下，《二十四城记》显示出十分可信的纪实特征；它的真实感，首先源自虚实交叉的形式感。透过"虚"的缝隙和对"虚"的改造利用，贾樟柯再一次维护了纪实美学的立场，让影片的审美靠近了"自然"。

二、自传风格：个人化叙事与非集体叙事

诗歌之所以能感动人，具有强烈的感染力，首先源自其真实，此即"诗贵真"。陆时雍曾在《诗镜总论》中谈道："诗贵真，诗之真趣，又在意似之间……三百篇赋物陈情，皆其然而不必然之词。"[2] 第六代对于诗性本质的把捉，正是以落到实处的"真"为基础的。从 20 世纪 80 年代进入 90 年代，随着个人主义的普及，集体叙事已不再像从前那样吸引人们目光，更多的人把目光转向自己和自己身边。电影也经历了这样的视点转移，尤其是在第六代身上，电影已不再是为集体代言的传声筒，它首先是一种自我抒情之物。张元曾直率地表达过这种态度："我觉得电影是个人的东西。我力求不与上一代一样，也不与周围的人一样，像一点别人的东西就不再是你自己的。"[3]

和诗歌一样，电影要表达自我，也是一种抒情冲动（Lyric impulse）。而要传达出"个人的东西"，首先要调整的就是表达方式，比如叙事上的变革。在第六代电影里，个人化叙事与非集体叙事是最基本的叙事模式。个人化叙事，又或多或少地统合了自我经历，故而第六代的电影有明显的自传色彩。研究者指出："第六代关注的是现实社会生活，关注的是生存状态下的大写的人，尤其是对生活更为敏感的青少年，……其实也就是在关注导演自己的'青少年时代'，关注自己这一代的生活体验，关注自己。"[4]

如前文所述，贾樟柯的电影中总是遗留着自己生活的痕迹，有关山西小城闭塞的生活，他青春年代流行的电影和歌，文工团的记忆等。而王小帅的电影始终囊括几大主题：三线城市、国营老工

[1] 贾樟柯：《贾想1》，北京：台海出版社，2017 年，第 29 页。
[2] 陆时雍：《诗镜总论》，丁福保辑：《历代诗话续编》，北京：中华书局，1983 年，第 1420 页。
[3] 张元：《张元访谈录》，《电影故事》，1993 年第 5 期。
[4] 徐建平：《略论中国第五、六代导演的"作者电影"探索》，《华东师范大学学报（哲学社会科学版）》，2000 年第 2 期。

厂、知青、三线工人及工人 / 知青子女的身份认同、青春与成长。他的"三线建设三部曲"(《青红》《我 11》《闯入者》)集中展现了这些主题。同样的元素，一直延续到他 2019 年的新片《地久天长》里。影片的男女主人公曾做过知青，人到中年，又赶上国营老工厂的下岗潮；他们的养子星星处于青春叛逆期，常常逃课，不回家……影片中有许多元素，都从王小帅本人的经历里来。他出生后不久，就随父母去了贵州。那正是三线建设热火朝天的时期，他母亲接到军工厂的调令，必须服从安排，父亲便也带着他一道前来。一家人在贵阳附近的山区工厂里一住就是十几年。直到他十三岁时，全家才迁往武汉。三线"厂二代"子女的身份认同问题一直困扰着他：他祖籍辽宁丹东，出生于上海，成长于贵阳、武汉，后来又到北京发展，户口落在涿州。虽然他能听懂上海话，但是缺少在上海的生活经验；虽然他能讲贵州话，但贵州的朋友始终把他视为外来人员……与同代人相比，王小帅显然有更复杂的身份认同。对身份的困惑、个人身份认同的挣扎也反复出现在他的电影中。《十七岁的单车》主角之一小贵是外来的打工者，他努力融入城市，却没有足够的资本；周迅饰演的小保姆，总幻想成为女主人那样富有的人，经常偷偷地穿女主人的衣服。《青红》的女主角是三线"厂二代"，她从小生活在贵阳，又在这里和当地的小伙子恋爱了，所以更不愿离开；她父母却很想带全家人回到上海，在积极地运作着，于是青红与父母产生了必然的矛盾。《地久天长》里，下岗夫妇的孩子星星不慎溺水身亡，他们又领养了一名孩子，给他起名星星。养子进入青春期后颇为叛逆，在他看来，养父养母不过是把他看成亲生儿子的替代品。

第六代将自己的生活经历和成长背景带入电影，让电影变成一种个人化的叙事，真正地消解了集体叙事的影子。此处的"集体叙事"指的是"集体主义视角下的叙事"，并不是说第六代电影中没有集体，只有个体。张元电影里的摇滚乐队、贾樟柯电影里的文工团、王小帅电影里的三线工人，这些都是"集体"(或"群体")。在表现这些群体时，第六代导演更多的是从个人视角出发，带着自己的评判，去展示群体中一个个有血有肉的普通人，而不是让集体的形象覆盖、湮没这些鲜活的个体。所以第六代电影中的非集体叙事又是个人化叙事的自然延续。两种叙事的结合，强化了第六代电影的自传风格，并使电影在表达社会历史变迁时有一个可靠的内在视角，这个视角更稳定也更自信；创作者的自身代入感，也使影片更加"情感真实"，从而在"诗贵真"的向度上强化了电影的诗意。

三、真实性：长镜头与场面调度

纪实美学的一个重要技术支撑就是长镜头。关于长镜头，并没有统一的界定。卡温(Bruce F. Kawin)认为"大部分镜头约一至十秒，镜头若是一分钟或超过一分钟，称为长拍(long take)，完整的一场戏被囊括在单独一个长拍里(经常使用复杂的摄影机运动)，则称为段落镜头(sequence shot）" [1]，而在一般情况下，超过十秒的镜头就可算作长镜头。

巴赞认为，长镜头（景深镜头）是与蒙太奇相对的。蒙太奇对电影叙事进行人为的裁剪，具有"修改时间"的特权。因此，蒙太奇与"时间"有莫大的关联："一段文章里的句子有长有短，镜头持续时间的变化可以建立起视觉节奏（visual rhythm）。而镜头里动作的变化也很重要，这两种节奏共同运作。当连续数个镜头的时间都相同，爱森斯坦（Sergei M. Eisenstein）称此效果为韵律蒙太奇（metrical montage）" [2]。在蒙太奇中，观众的注意力其实是跟着镜头的转变走。不同的蒙太奇有不同的视觉节奏，节奏越快的蒙太奇，越要求观众具有叙事理解能力，因为观众必须在蒙太奇的变换中迅速地获得有效的信息，以理解剧情含义。而在长镜头中，观众的观影节奏不再受蒙太奇的"引诱"，能腾出更多时间去理解画面的含义；画面因此成为一道"有意味的形式"，观众可以主动去拆解这道"形式"。所以长镜头是一种互动性的镜头，观众参与度的高低，在一定程度上影响着他们对影片理解的深度。对于长镜头，巴赞总结道："景深镜头不是像摄影师使用滤色镜那样的一种方式，或是某种照明的风格，而是场面调度手法上至关重要的一项收获：是电影语言发展史上具有辩证意义的一大进步。" [3]

单镜头长镜头中的信息往往并不是单一的，一个画面里的环境、人物、物件，都是叙事中不可或缺的元素。一个具体的画面包含着多重含义，而观众的解读甚至可能创造出新的意义，这与现代诗歌的歧义性何其相似。研究者指出，"蒙太奇由于它本身的性质所决定，在分析现实时，需要含义的单一。蒙太奇在本质上与含糊的表象相对立，而'长镜头摄影'则把含糊的特点重新引入画面结构之中" [4]，这里说的"含糊"正是诗的"歧义""多义"。关于长镜头的多义性，下面以两部电影为例：

在贾樟柯的《小武》中，小武被警察带到作案的地方指认现场，这个长镜头用了"他者"视角（全知者视角），对小武进行价值审视。

另一部能说明长镜头多义性的电影，是王超的作者电影《安阳婴儿》。影片中，男女主角的第一次见面是在一家小面馆，他们一左一右地对坐着吃面。后来男主角为保护女主角和她的孩子，不慎杀人，进了监狱。女主角探望他后，又来到这家面馆。这一次，女主角吃面的长镜头足有三分多钟。这个长镜头从头至尾，都只出现她和她怀里抱着的婴儿，空间还是那个空间，桌子还是那张桌

[1]布鲁斯·F·卡温：《解读电影》，李显立等译，桂林：广西师范大学出版社，2003年，第248页。
[2]布鲁斯·F·卡温：《解读电影》，同上，第248页。
[3]安德烈·巴赞：《电影是什么》，同前，第77页。
[4]孙楚航、张馨艺：《巴赞纪实美学与中国电影》，《四川戏剧》，2005年第6期。

子。影片用了和两人初见时一样的机位，耐心地记录下女主角吃面的过程。细心的观众会发现，在她对面，以前男主角坐过的位置，摆着一碗没有动过的面。她似乎是想借这样的仪式回到过去，怀念他，也表达对他的祈愿。只见她吃着吃着就开始抽泣，最后还是把面吃完。这似乎是在说：虽然生活很糟糕，但日子还得过下去。这个长镜头没有一句台词，只有大街的喧闹声一直隐隐作响，衬出面馆的安静；面馆越是安静，观众就越心慌；女主角吃面的动作越缓慢，空间的阴暗就越让人窒息。一种看不见摸不着的悲伤把人压抑到极点，一切都在沉默中爆发，影片的情感在精准的克制中达到了高潮。

纪实美学中与长镜头相关的另一个概念是场面调度。"电影中的场面调度是场景（布景或外景）与摄影机相互关系的作用"[1]，"场面调度还包括底片的选择（黑白或彩色、细粒子或粗粒子）、画面比例（银幕的比例）、取镜（同时要呈现多少布景或角色）、摄影机的位置和运动，以及声音范围等因素。所有这些因素都经挑选、定位，或启动"[2]。总之，场面调度是一种画面内美学。具有意味的细节铺排在具体的场面中，如同诗一样，有着隐喻的意义。

试看这个长镜头里的场面调度：在《站台》中，男主人公崔明亮的演出团即将离去，他们乘坐的汽车从乡村公路上缓缓开过。这时，画面左边的山上突然跑下一个人影。当人快跑到山下时，汽车已驶出画面，一个画外音女声说："崔明亮，你表弟，停车！"接着是汽车刹车的声音，崔明亮从镜头的方向跑到路上，他表弟三明也从山下跑到了路中央。三明居于画面正中，正对着镜头，崔明亮在他右斜方，背对着镜头。三明将五块钱递给崔明亮，托他回城后带给表妹，让崔明亮嘱咐表妹一定要考上大学，再也不要回这村里了。崔明亮接过钱，低头若有所思，俩人随后道别，崔明亮转身走出画面，三明也转身，朝来的方向走去。这个场面至少包含以下四种信息：

1. 两人相见时，三明居于画面中央，而崔明亮背着镜头，看不到表情。因此，三明才是这一幕的主角。影片以此来突出三明的形象，表达对劳动人民美好品德的赞美。

2. 以镜头为参照点，三明更远，崔明亮更近，三明的身影比崔明亮的小，暗示三明的生活境遇不如崔明亮，要更加艰辛，也更出离于主流视线。

3. 远处有色泽新绿的树，说明春天已经来了，但道路两边的山塬仍然光秃秃的。这从侧面反映了三明的生活环境，顺便补充说明了前面的叙事：正因此地自然环境恶劣，三明才只好去当煤矿工。

4. 俩人告别时，崔明亮先走，三明又盯着崔明亮的背影看了一会儿，这才转身离去。在他的凝视里，似乎有对表哥离去的不舍，也有对妹妹的殷切期冀，因为表哥替他捎给妹妹的，正是在城里上学的生活费。一切尽在不言中，三明没有花哨的语言来表达离愁，但他的动作、神态都暗示出内

[1] 布鲁斯·F·卡温：《解读电影》，同前，第116页。
[2] 布鲁斯·F·卡温：《解读电影》，同前，第117页。

心的情感。

在纪实美学的影响下，通过去传奇化的故事追求、具有自传风格的叙事实践，以及富含真实性的长镜头与场面调度，第六代电影展示出"妙造自然"的美学特征，呈现出诗与电影的深层联系。可以说，第六代导演创造出了一个趋向于真实的、平凡可感的影像世界。在这个日常化的电影空间里，诗意或如生活的断片，或如平静外表下流动不止的隐喻。而把这些日常琐碎缔结为诗的，是导演隐藏在影片背后的情感立场。用巴赞的话来说，这就是爱。"我用的字眼是爱，其实倒不如说是诗意。这两个词是同义的，或者至少说是互补的。诗意只是爱的积极的和创造性的形式，是投向世界的爱。"[1] 也正是爱，在第六代感伤迷茫之时，将他召唤回一个古老的家园。在这个精神家园里，伴随第六代流浪已久的乡愁终于找到了归宿。正因为有"爱"这个亘古不变的真理的召唤，第六代没有轻易将自己放逐。他们心怀过去的温暖，眺望着崭新的景观，心怀着爱的诚意，面对纷繁万变的世界，有了改变的勇气和坚持的决心。

同时，第六代被视为后现代的一代。他们对纪实美学的认可，对古老的"妙造自然"诗学的追求，也应该放在现代／后现代的维度下来考察。《后现代转向》中指出："现代主义的权威——艺术的、文化的、个人的——植根于危机时代强烈的、精英的、自发的秩序中。"[2] 似乎不用前辈教育，第六代天生有着这种艺术的、文化的、个人的现代意识。第五代未能完成的现代性转向，却被第六代举重若轻地完成了，仿佛不费吹灰之力。然而，第六代对现代性的完成，并不是为了给第五代填补某些方面的空缺，更不是为了沿着第五代的节奏走；对第六代来说，这只是一种本能的行为，自然的呼吸，是源于骨子里的选择。或许很多人都没有意识到，就在文化地位不断后退的世纪之交，第六代悄然实现了中国电影的现代性转型。与此同时，第六代电影还表现出一定程度的后现代特征。然而，这意味着第六代电影"两级跳"，一步跨入后现代主义了吗？

答案是否定的。与其说第六代电影是后现代主义的艺术，不如说它们更倾向于"晚期现代主义"（Late-Modernism）或"高级现代性"[3]。当一些人不加辨证地把第六代电影划入后现代艺术中时，不妨想想吉登斯（Anthony Giddens）所言："我们实际上并没有迈进一个所谓的后现代性时期。"[4] 詹姆逊（Fredric Jameson）认为，后现代主义至少具有三个特征。一是文化的商品化，二

杨碧薇专栏

227

[1] 安德烈·巴赞：《电影是什么》，同前，第330页。
[2] 伊哈布·哈桑：《后现代转向》，刘象愚译，上海：上海人民出版社，2015年，第112页。
[3] 参阅吉登斯：《现代性与自我认同》，赵旭东、方文译，北京：生活·读书·新知三联书店，1998年，第3页。
[4] 安东尼·吉登斯：《现代性的后果》，田禾译，南京：译林出版社，2000年，第3页。

是无深度化，三是主体、自我和情感的消失。很明显，第六代电影并没有体现出以上任何一种特征。首先，第六代电影的商品化明显不足。大多数的第六代电影，一开始就没有与市场绑合。某种程度来说，这种选择是无奈之举："第六代的独立姿态则是该创作群体一个无意识的集体走向，亦是早期中小成本个性化叙事电影在体制和市场尚未磨合完全的情况下，阴差阳错经历的一个由'地下'向地上转型的曲折过程。"[1] 虽然第六代早期的影片在小众群体内获得较好的评价，却一再成为票房毒药。显然，第六代电影在市场营销上仍欠火候。"无论哪种类型的电影都不可能吸引所有观众，更何况'第六代'导演所拍摄的较为'小众'的电影"[2]。其次，第六代电影拒绝无深度化。在第六代的表达中，主体、自我与情感，仍然有很深的印迹，并不存在后现代主义里"主体的灭亡""情感的消逝"（詹姆逊语）。而且，在第六代有了更多的机会正式走入院线以后，他们的思考更是朝着纵深方向发展，开掘的面向也越来越多。第六代始终在往深度化方向走，并没有呈现后现代主义里典型的平面化。

综上所述，第六代电影虽然部分地体现出后现代主义的特征，但与典型的后现代主义艺术还有一定的距离。正如第五代电影有着"不彻底的现代性"，第六代电影也有着"不彻底的后现代性"。第六代导演已经来到了后现代主义的门前，站在这道门槛上，瞭望着门里的风景，却没有坚定地走进去。或许，在迈过这道门槛前，他们还将经过一段隐秘的旅程——这是一片通向后现代的旷野，第六代就像刚走出埃及，却陷身旷野的以色列人，还需要一些时日，才能到达"流奶与蜜之地"，重构一个理想的家园。这个家园甚至并非全然陌生，而是保存着人类旧时生活的某些痕迹，那里有着意义，有着价值，有着第六代值得并愿意为之献身的某种事物——这种事物，要么被称之为理想，要么，就是人类永恒的乡愁。

---

[1] 许涵之：《中小成本电影的叙事嬗变和发展对策》，博士学位论文，浙江大学，2014年，第32页。

[2] 刘畅：《刍议当下中国"第六代"导演的电影营销研究》，《才智》，2016年第16期。

草树专栏

CAOSHU's Column

拆掉格律的栅栏

——对话王安石

拆掉格律的栅栏

——对话王安石

草树

　　也许新诗和旧诗只是隔着一道格律的栅栏，完全可以隔栏张望或对话，甚至可以拆掉栅栏，登堂入室，无碍交流。当然这是就诗学观而言，不涉及诗的语境。诗学观根本在于世界观，或观看世界的方式，以及写作者的身份定位。它可以表现在诗中，也可以在诗外。百年新诗以效法西方诗歌起步，喝"狼奶"长大，尽管有一些诗人试图接续传统，做出很多尝试，但总是有那么点隔靴搔痒，不能深入语言的血脉。闻一多尝试过新格律（《死水》），卞之琳试图贯通东西的诗之观（《距离的组织》），当代诗人如柏桦（《水仙绘侣》）、朱朱（《清河县》）、张枣（《何人斯》）等，也试图消弭古典和传统的隔阂。只有卞之琳所为，触及诗之观，只是他在形式的处理上，局限于观念的具象和古词古意的淬炼，没有真正熔铸成语言的光亮。当代诗人杨键真正以古典世界观作为观照当下的一个视点，西方现代主义的思潮似乎没有打湿他的衣襟，他是当代诗人中一个异数，一个现代的古人，一个真正用汉语的古老灵魂言说的现代诗人。也许他过于孤独，因而有些激烈、极端，但是"众人皆醉我独醒"，不亮出姿态何以正视听？当然这个名单里，还必须拉上千坚，这几年他一直和古典诗学"对话"，并声称自己是一个用现代汉语写诗的古代诗人。陈先发在这一向度也做出过成功尝试，以佛教文化的空性发展出一种独特的"枯美学"，《枯七首》是出色的范例。张执浩之谓"目击成诗"，其诗的即兴性和当下性，很有些古诗的风姿。

　　也许新诗的"旅程"不能完全离开"此时此地"的"风景"谈论。比如朦胧诗，面对一个蒙昧的时代，需要一种启蒙的声音，需要一个唤醒主体的高音、一种革命性的姿态，但是当新诗进入唯我主义的高蹈和个人化的历史想象的后朦胧诗时期，新诗再一次脱离了生命经验和现实语境，失去语言的自律。后朦胧诗人以海子为代表，自我塑造为语言国度的王，"王在写诗"注定遭到时代的漠视，最后的浪漫主义诗歌失去现实支撑，"亚洲铜"的空中脆响很难在二十世纪末期的华夏大地产生回声，悲剧有其内在必然，更多是"作者之死"成就了"作者之生"。昌耀诚然以西部风物和悲剧命运熔铸的抒情诗，刷新了汉语新诗的语言面向，但是他没有写出一首类似《列宁格勒》那样的诗，失去了一次为时代作证的宝贵机遇，究其原因，还是拘囿于本质主义和现代主义的诗学传统，依循形而上学的高蹈路线。

二十世纪八十年代中期第三代诗歌运动倡导的语言观念的变革，与其说是接轨于二次世界大战以后西方后现代主义的文艺思潮，不如说开始向古典的"诗学观"靠近，回到个人，回到语言，回到诗歌本身，"诗到语言为止"，本质上就是从一个浪漫主义诗歌的精神代言人、现代主义诗歌的精神立法者，或者朦胧诗的公民代言人，回到一个活生生的人，回到生命经验和人伦日常。事实上，中国古典诗人中绝大部分诗人，从未脱离这个睹物观情的基本位置。当然，现代诗人还有一个"去中心化"，"去本质主义"的思想背景，在语言形式上表现为"去浪漫化"和"去意象化"，回到语言的神性而脱离语言的工具化，诗歌写作真正从语言的发生或起源开始，而不是在语言的历史秩序里兜圈。

在新诗美学的棱镜下，如何重新审视古典诗歌，不妨以王安石的诗词（以下统称为诗）为例，试看打通一条传统和现代、新诗和旧诗对话的通道何以可能? 王安石作为十一世纪中叶中国历史上一个杰出的改革家，身居朝廷的高位，他的诗歌写作却并未站在一个代言人或立法者角度——尽管他在某种意义上即是那个时代的"代言人或立法者"，且他的政治改革充满了争议。但其诗词写作，是真正从个人和日常出发，从语言的发生或起源出发，始终恪守"诚实原则"——无论这样的原则以"修辞立其诚"的古典原则加以说明，或者以被当代诗人一度热捧的菲力普·拉金的日常诗学予以阐释，他的作品都不折不扣合符这样的诗歌美学。他的诗是一部真正的个人精神史，无论面对父亲去世、家庭经济台柱的垮塌，或时世移变、曙光初露之时一反常人的隐忧，或者时机成熟、得偿人生宏愿的欣喜，无不呈现于诗，而后世很难从那些穿戴整齐的历史叙述，找见这种独属于诗的真实，尤其对于重大政治事件的处理，我们可以从中发现王安石处理现实的出色能力。

宝元二年（1039）春，王安石的父亲王益身染重病，于二月二十三日不幸去世，年仅四十六岁。这时，王安石十八岁，最小的弟弟王安上还在襁褓之中，而祖母谢氏，则已七十五岁高龄。一家人顿时陷入巨大的悲痛之中。王安石在《忆昨诗示诸外弟》一首中追忆了这一时期的真实心情——

> 旻天一朝畀以祸，先子泯灭予谁依。精神流离肝肺绝，眦血被面无时晞。母兄呱呱泣相守，三载厌食钟山薇。

抛开它的韵律（平仄和押韵）和现代汉语已经不太使用的一些词，如旻（mín）天（苍天）、畀（bì）（给予）、先子（亡父）、晞（xī，干），以及"钟山薇"（化用伯夷、叔齐的典故）以外，此诗的悲痛之情溢于言表，"精神流离"和"眦血被面"或许是更多得益古诗韵律中对仗形成的语言思维而催生的语言结果，"母兄呱呱泣相守"的描述性场景，其蕴含的个人性和日常性价值，显然极大地支撑了诗的存在感——不是通过主体抒情或意象化，而是以生动的场景描述，呈现这一悲痛情景，使得诗歌获得了主客间强有力的平衡。

王安石潜心儒学、步随圣道，本不屑于朝廷当时进士考试沿袭唐人以诗赋取士的传统，迫于父亲去世，家庭失去经济来源的现实困境，他不得不全力以赴投入这"刻章琢句"的文字游戏。庆历二年（1042），王安石二十一岁，进士及第，名列一甲第四名。据说本来是第一名，因仁宗看到王安石卷子中"孺子其朋"一语，俨然有帝王之师的语气，于是降格为第四名。王安石赴扬州为官，第一次离开家人，虽然扬州和江宁相去不远，但内心的孤寂和怅然以及对父亲的怀念，尽在诗的言辞中——"证圣南朝寺，三年到百回。不知墙下路，今日几荷开？"在江宁府学的三年，王安石总是习惯性地前往殡寄父亲棺椁的证圣寺，证圣寺围墙下的小路，他三年间走过不止百回。此诗的语言已经如同今日的现代汉诗倡导的口语、大白话，但是"南朝寺"的历史感和"几荷开"的当下情景对照，看似莫名自我发问，寄寓的深情，却在貌似冷静而简洁的叙述中，显得无比深沉和隐忍。王安石在另一首《忆昨诗示诸外弟》中，描述了他第一次离家归乡的生动场景——

　　　　还家上堂拜祖母，奉手出涕纵横挥。出门信马向何许，城郭宛然相识稀。

　　祖母年过八旬，依然健旺，王安石自然内心欣慰。而对祖母来说，自己从小呵护着的孙儿离家时年方十六，如今变成了一个成熟稳重的官人，又叹儿子壮年早逝，如何不感慨万千。而拜完祖母，骑马出门，城郭景物宛然如旧，相识的旧友却不见，物是人非，内心的怅然又油然而生。

　　从此诗不难看出，王安石用简洁明白的描述性语言，就呈现了内心极为复杂的情感。直接，明晰，"我手写我心"，是从语言的"观看和倾听"来传递内心的情感，而不是曾经被二十世纪八十年代初期备受推崇的"我想起了什么"，然后以类比法则去表达的诗学。其背后蕴含着一种最古老也合符现代的诗观，修辞学只是服从于艺术的真实，"我看见（或听见）了什么"的直接美学，当然是诗之正道，或者说这样一种诗歌美学，打破了源自浪漫主义的"以我为主"或唯我主义，也不妨似中国的古典主义诗学，除了少数诗人在特定的历史语境下以张扬自我为诗歌美学的主要取向，总的来说是一种一元论的诗学，没有二元对立，或许从庄子"吾丧我"始，就确立了一种古典世界观的基调——以客观性的自觉去致力于维护诗的真实，甚至这样一种思想意识，仿佛是与生俱来的——来自中国悠久的人文传统。

　　王安石作为一名杰出的政治家和改革家，诗歌写作只是他的生活很小一部分，更近于一种时代风尚下的生活方式，诗歌的传播，也是在兄弟、师友和同僚之间，结集为书之时，便是形成一批颇有影响力的成果了。但是王安石作为诗人，是有自己鲜明的诗歌美学的。王安石曾经应他的好友、抚州司法参军张彦博之请，为后者的父亲张保雍写过一篇《张刑部诗序》——

　　　　刑部张君诗若干篇，明而不华，喜讽道而不刻切，其唐人善诗者之徒欤！
　　　　君并杨、刘生。杨、刘以其文词染当世，学者迷其端原，靡靡然穷日力以摹之，粉墨青朱、颠错丛庞，无文章黼黻之序；其属情藉事，不可考据也。方此时，自守不污者少矣。君诗独不然，其自守不污者耶？子夏曰："诗者，志之所之也。"观君之志，然则其行亦自守不污者邪？岂唯其言而已！

　　王安石肯定张刑部的诗有自己独特的风格，形象鲜明，语言晓畅而不华丽富艳，有讽于世事而不过于直露尖刻，温柔敦厚，含蓄蕴藉，继承了唐代诗歌的优秀传统。同时他把张刑部放在"西昆体"盛行的时代风尚下，批评了"西昆体"代表杨亿、刘筠等"属情藉事，不可考据"，文词庞杂错乱、粉饰雕琢的浮华诗风。有趣的是"西昆体"诗人，是效法晚唐诗人李商隐，后者可是晚唐的象征主义大诗人。中国当代诗人所谓知识分子写作，是效法西方的象征主义，如马拉美、瓦雷里、斯蒂文斯、艾略特等，不是着眼于存在而是从语言下手，在"语言即存在"的旗帜下极尽修辞之能事，事实上是重视"言"而轻视"志"——如果说前者是形式，后者是内容，那么形式和内容实际上是分离的，或以形式为主，内容不是从语言的发生而来，而是发酵自语言的意义或历史秩序，是观念性的，"形式即内容"又成为一个结实的挡箭牌。其实文本背后的根本，是唯我主义或本质主义，所谓着力于消解语言的历史秩序，实际上是从语言的所指展开修辞游戏，个人经验和日常现实只是成为其"论述性"的论据，而并不是真正的语言主体。
　　王安石还认为张刑部的诗是人诗合一的，即他认为由张刑部的诗可以反观其心志，可以了解他的人品、品行，看得出他是一位特立独行、绝不随波逐流的君子，其独特的个性不单体现在言词上。也许世界诗歌史上不乏品行不端的大诗人，如法国十三世纪杰出的抒情诗人弗朗索瓦·维庸，结交狐朋狗友，染上恶习，酗酒闹事，打架偷盗，无恶不作。诚然维庸之所以如此，与那个政局动荡不安、社会风气败坏的时代有关，但总体而言，"诗人合一"，合符诗歌艺术的内在机制，现代诗歌美学推崇个人性，从一个活生生的人的角度出到精神归结，这种内在的一致性，似乎本身就是诗的追求。而王安石的诗观，透露了诗歌文本背后有一个"君子"的存在，当代诗歌的文本背后藏着怎样一个人？以此为镜，反观当下，其实是十分有趣的。

　　社会现实的现象之芜杂，政治和宏大事件之讳莫如深，总是让诗人望而生畏。诗人处理日常现实的能力，往往显得孱弱无力，不但不能直面现实，而且以"语言的现实是最高的现实"一类托辞去粉饰写作。王安石身居官位，其政治生活当然得以使他具备宏观的视野，但是纷繁复杂的现实对于诗歌之胃的消化能力，同样是一个巨大的挑战。王安石在鄞县任上写的《苦雨》一诗，就是一个处理社会现实重大题材的优秀范例。

　　灵场奔走尚无功，去马来车道不通。天助乱云阴更密，水争高岸气尤雄。平时沟洫今多废，下户京囷久已空。肉食自嗟何所报，古人忧国愿年丰。

这首诗抛开"天助乱云阴更密，水争高岸气尤雄"对仗的工整，按照今天的诗歌接受学，我们将它列为反映现实、体恤民情的现实主义作品，亦不为过。但是它是带有鲜明的个人性印记，是"讽道而不刻切"、呈现了底层生民现实困境和抒发了个人忧国情怀的上乘之作。它的秘密在于，诗人挖掘出了自己印象最为深刻的场景，从万般无奈下的灵场祈晴（而不是大旱年的祈雨）切入，展开语言的视野。或者说，这首诗是从一个事件（祈晴）入手的，对自然的描写隐含着内心的忧心如焚，而以此为基础展开对社会现实的叙述，则是语言视野的景深拓展。其实这首诗的现实背景十分复杂，或许正是背景的纷繁复杂考验写作的难度。鄞县东临大海，境内冈峦起伏，既有奉化江、慈溪江、鄞江等河流，又有东钱湖、广德湖等湖泊，如此优越的地理环境，本当无水患，又无旱灾，实际上情况却截然相反，令王安石大为不解。他深入调研，听当地老人说，五代十国时期，鄞县隶属吴越国，当时朝廷专门设有都水营田使，并置有撩湖兵、营田军，负责疏浚和治理河道，因此那时候"人无旱忧，恃以丰足"。宋朝建立后，营田制废弃了，六七十年以来，州县官吏因循怠惰，无所作为，百姓又没有能力自动组织起来维护水道，以前畅通无阻的沟渠、河流，都渐渐变浅了、淤塞了，山谷的水都流入海中，没能储存下来。风调雨顺的年份，农田用水尚且不足，一旦遇上灾年，只需十天半个月不下雨，几乎所有河流都会干涸。王安石正是在此背景下组织农民趁冬闲兴修水利，正当全县上下齐心协力修渠浚河时，老天却不作美，开工不久就下起大雨。灵场祈晴正是发生在一场场雨、一次次返工，一次次空自劳苦的万般无奈下，所以诗中"肉食自嗟何所报，古人忧国愿年丰。"看似反躬自省而愧，实则暗含针砭时弊之意。

中国当代诗人大多推崇肇始于波德莱尔的象征主义，其实在我们的传统里，久已有之。唐有李商隐，可谓象征派的大师；宋有王安石，以象征手法处理复杂凶险的政治，也可谓十分高明。自古诗人有两大类，一类精于文辞、技艺，却不谙世情人事；一类深潜政治漩涡，以诗为"换气"（策兰）出口，不以修辞取胜，却真正完成了"诗的见证"的使命。王安石有一首诗叫《君难托》，以夫妇之情，隐喻君臣之义，不是老杜目睹底层的苦难发出"许身一何愚，窃比稷与契"的感叹（相反王安石从道不从君，以夫妇喻君臣暗含君臣的平等，是封建社会少有的思想和人格独立的诗人），而是处身激烈的政治斗争中，面对国家的命运、自身的祸福和对时局的判断等多方面考量的背景下，唯有诗能"托付"那种不能与人言的"幽怨"——

　　槿花朝开暮还坠，妾身与花宁独异？忆昔相逢俱少年，两情未许谁最先？感君绸缪逐君去，成君家计良辛苦。人事反复那能知，谗言入耳须臾离。嫁时罗衣羞更著，如今始悟君难托。君难托，妾亦不忘旧时约。

看似以槿花朝开暮坠起兴，写夫妇情感，实则句句皆弦外之音。熙宁六年（1073）正月十四日，正当举国欢庆的元宵佳节，王安石奉命从驾观灯。和往年一样，他乘坐的马车从宣德门西偏门驶入宫城，却遭到侍卫的拦阻，并粗暴无礼地以手中武器敲击王安石的座驾，扯拉车上的旌旒，甚至殴打马匹和随从。宦官首领则大声呵斥："相公也是人臣，岂可如此，莫非想做王莽！"王安石又惊又怒，却不敢发作，心中明白政治改革触犯了宫中利益，也疑心自己是否真的触犯仪规。闹事的侍卫被拿下，押往开封府，但并未受到重责。王安石虽是光明磊落之人，但是久历宦海，见多世态人情，且自推行改革以来备受滔滔谗言的打击、朋友疏离，甚至兄弟反目，春寒料峭之中，怨怒和忧惧相加，加上原本体质孱弱，就病倒了，一连十天请假休养，就是在这样的心境下写下《君难托》。

王安石的诗大多语言质朴、明白，修辞只是服从于内心的感受，而就此诗而言，其整体性的隐喻达成的艺术效果，远胜我们这个时代一些诗人推崇的意象化，它打破了所指和能指一一对应的关系，构筑的诗歌本体独立自足，又无限敞开。没有哪篇史记能如此真切地呈现王安石和神宗皇帝如此复杂微妙的关系。王安石感怀神宗青春年少满怀宏图大志，追随他进行一场历史上争讼纷纭的改革，君臣一心试图消除宋朝根本性的体制弊端，但是既得利益者的反扑，改革试验带来的阵痛，使王安石始终饱受争议，尽管得到神宗始终如一的支持，即所谓"感君绸缪逐君去，成君家计良辛苦。人事反复那能知，谗言入耳须臾离"，但是神宗随着年岁渐长，慢慢成熟，他始终维护御史谏言的地位，实际上是借以平衡宰辅大臣的权力，使其不致过度膨胀，当然这也是宋代民主政治制度的亮点。王安石从神宗处理侍卫冒犯宰相的案子看出皇帝态度的暧昧，而神宗的态度不单关系到他推行的改革大业，也关乎一家人的生死安危，当然王安石不是贪生怕死之辈，和兄弟的分歧有很大原因就源于此。一句"君难托"，蕴含着多么丰富微妙的情感！

象征主义的高级阶段，也许是斯蒂文斯的"最高的虚构"。在某种意义上，卡夫卡的《变形记》也属于这一类型。本体和喻体的分裂，在更深层次的意义上，意味着一种主要以相似性原则认识世界的方法论破产了，玫瑰不再为爱情专属，十字架也可以不再象征基督，自公元十七世纪前后，一直占据统治地位的基督神学的地位动摇了。上帝死了。人类呼唤超人和精英，精英文学也应时而出，如《尤利西斯》《荒原》《城堡》，后者堪称杰出的"最高的虚构"。其实这一类文本，在王安石的笔下早就出现，只是中国的传统文学一直是感性的——除了六朝时期的"玄学派"和宋初的"西昆体"几个少有的历史时期，——没有经历一个反拨理性主义和本质主义的现代性过程。《老树》一诗构思奇巧，看似平常却奇崛、深沉、曲折，厚重而悲凉，拆掉格律的栅栏，不妨也可以之为"最高的虚构"——

去年北风吹瓦裂，墙头老树冻欲折。苍叶蔽屋忽扶疏，野禽从此相与居。禽鸣无时不可数，雌雄各自应律吕。我床拨书当午眠，能惊我眠聒我语。古诗"鸟鸣山更幽"，我念不若鸣声收。但忧此物一朝去，狂风还来欺老树。

此诗已经不是简单的酬学之作，写于吕惠卿罢参知政事离京后。吕惠卿升为参知政事以后，和王安石官阶有别，但毕竟不再是上下级关系，在政见和用人等多方面多有不满，两人的矛盾逐步公开化，牵扯非常复杂的人事关系。王安石和吕惠卿如师如友，最后落到如此结局，无论是谁，心里岂能好受，何况他们有共同的变法事业。此诗就像一则政治寓言，看似日常之景，却完全赋予了不同的意蕴，野禽、北风、老树，获得了丰富的指涉。一切都在似与不似之间。而似与不似之间，正是寄寓了诗人复杂微妙、无以言说的情感。

二十世纪九十年代前后，诗坛开始流行一种"语言游戏"之作，声称不是一般的而是维特根斯坦的语言游戏意义上的语言游戏，与罗兰·巴特的"文之悦"也不无关系，追求"语言的快乐"。这一类诗有关于诗本身的，称之为元诗，也有纯粹从语言层面展开，利用语言本身的声音应和、语义替换或文本漂移，等等，旨在改变语言的历史秩序，实现"历史的个人化"。这一类写作在王安石那里，其实也有大量的书写。宋朝诗词的唱和传统，可能在欧阳修时期达到巅峰，所谓唱酬之作，同题诗，次韵或依韵诗，探索诗歌的可能性，展现各自的才华，一时成为风气。欧阳修对王安石的才华称赞不已，曾经满怀热情"托付斯文"，暗自认定他为文坛的领袖接班人。在《赠王介甫》一诗中，欧阳修表达了对王安石的高度赞许和殷切期望：

> 翰林风月三千首，吏部文章两百年。老去自怜心尚在，后来谁与子争先？朱门歌舞争新态，绿绮尘埃试拂弦。长恨闻名不相识，相逢樽酒盍留连。

对于宋代诗人来说，《诗经》《楚辞》，圣贤文章，都是烂熟于胸，仿佛沉睡在血液里，随时会听从词语的召唤。"翰林风月三千首"指李白的诗歌。李白曾经做过唐玄宗的翰林侍诏，人称李翰林，杜甫《饮中八仙歌》"李白斗酒诗百篇"之句，让他这个诗仙和酒仙之名，流传千古。罗隐《读李白集》又有"高吟大醉三千首"的夸张之词。韩愈曾担任吏部尚书，人称韩吏部，他的文章从中唐以来两百年独领风骚。这种顺手拈来的典故，含蓄又深会于主客之心，免去直接夸耀之嫌，其实又给出更高评价。李白之诗，韩愈之文，在欧阳修心中就是最高的文学标准或典范，以此评价王安石，可谓推崇备至。"朱门"二句之"绿绮，是司马相如的名琴，隐喻整个社会都在争先恐后追逐流行时尚，王安石却从尘埃中重拾古调雅韵，接续珍贵的文学传统。但是王安石却志不在此，他在回赠的诗作中写道：

> 欲传道义心虽壮，强学文章力已穷。他日若能窥孟子，终身何敢望韩公？抠衣最出诸生后，倒屣常倾广座中。只恐虚名因此得，嘉篇为贶岂宜蒙！

此诗已经不是简单的酬答之作，且不论对仗的工整，其即兴创作的能力，其从日常生活提取细节的能力和它的精确性，不能不令人叹服。"抠衣"，古代礼节，意味见到尊长提起衣服前襟以示恭敬，"倒屣"指急于出迎，把鞋穿倒，既描绘出自己是恭敬诸生最后一个（谦虚），又刻画出欧阳修爱惜人才、亲切热情的生动形象，这样的文坛领袖岂不令"广座"倾倒？以诗之含蓄曲折，表达自己的心志，谦恭又自信，志趣有不同，不耽于虚名，志存高远。可见王安石处理日常生活的出色能力和眼光的敏锐。

在《和贡父燕集之作》一诗中，王安石以他的生花妙笔，给每位朋友画了一幅简略而传神的画像，同时还不忘自我调侃一番，足见他的真性情：

> 冯侯天马壮不羁，韩侯白鹭下清池。刘侯羽翰秋欲击，吴侯葩蕚春争披。沈侯玉雪照人洁，潇洒已见江湖姿。唯予貌丑骇公等，自镜亦正如蒙供。

冯京、韩维、刘攽、吴充、沈遘，都是和他年龄相去不远的饱学之士，常在一起唱和，吴充和他还做了同事和亲家，他对每一个人的夸赞，虽是雅词，倒也记录了那个时期他们永难忘怀的一段美好时光，而将自己比作蒙供，即古时腊月驱鬼或出丧时所用之神像，言自己貌丑如此，实则显示胸怀的豁达。此后在风云变幻的政治斗争中，他们渐行渐远，甚至彼此对立、失和、再展读荆公诗，会是怎样的感触！此诗最大的特点，是将民间习俗中的蒙供的形象入诗，与雅词构成微妙的张力，风趣而鲜活。个中语言游戏的欢乐，不是一般的"语言的欢乐"可涵括其全部内容。

《明妃曲二首》是王安石的代表作之一，写的是汉代昭君出塞的故事，用现在的话说，是从语言层面展开的诗，纯属依据历史传说情节的虚构之作。明妃即昭君，因避讳晋文帝司马昭之名而改称明妃或明君。明妃是汉元帝无数后宫嫔妃中的一个，皇帝不能一一面见，就让画师先给她们画像，然后凭画像挑选。宫女们纷纷贿赂画师，唯独明妃不愿行贿，竟然以天生丽质，埋没深宫，最后远嫁匈奴。出宫之日，她的美貌震惊所有人，元帝后悔不已，只好杀掉画师毛延寿。明妃嫁于单于呼韩邪，生下一子，三年后呼韩邪死去。依匈奴习俗，明妃改嫁继任单于，即呼韩邪的长子，生下两个女儿。历代文人将其改成明妃不愿接受野蛮习俗自杀而亡的悲剧性故事。嘉祐五年（1060），王安石受命为送伴使，伴送契丹使者离开汴梁，直至北部边境。此次旅程历时一月有余，途中和辽国使者语言不通，只好写诗"以娱愁思、当笑语"，不想作诗四十多首，回京后编订成册遍送亲友，竟是《明妃曲二手》引发了诗坛唱和高潮，且成为千百年来聚讼不息的热门话题。

> 明妃初出汉宫时，泪湿春风鬓脚垂。
> 低徊顾影无颜色，尚得君王不自持。
> 归来却怪丹青手，入眼平生几曾有；
> 意态由来画不成，当时枉杀毛延寿。
> 一去心知更不归，可怜着尽汉宫衣；
> 寄声欲问塞南事，只有年年鸿雁飞。
> 家人万里传消息，好在毡城莫相忆；
> 君不见咫尺长门闭阿娇，人生失意无南北。

——《明妃曲二首》其一

　　王安石抓住出宫之日的场景，聚焦明妃的妆容和形态进行描述，并辅以君王的反应，是以一个全知视角加以虚构，现场情景如在眼前，这正是王安石的高明之处，就像写兴修水利诗从祈晴的灵场着手。"一去"四句写明妃在塞外的思乡情，同样采用全知视角，以"着尽汉宫衣"和"寄声"加以表现。最后四句以家人来信，以汉武帝皇后失宠禁闭长门宫相劝，让明妃好好在毡城生活，最终引出"人生失意无南北"的警句。也许全知视角的部分并无多大新意，但是后面诗的声音的转换，进入一种面对当下和超越现实的境界，大约是此诗最大的创新之处，也是引发一时唱和的根本所在。其实此一时期王安石自从《上仁宗万言书》石沉大海，改革之志无以伸展实施，实是颇觉失意，表面上写明妃，实则是他自己的心声流露，所谓"人生失意无南北"，把"南边"的自己也算了一份。这样，一首从语言层面展开的诗就如一面镜子，最终照亮自身的存在。诗本身的事理结构封闭完整，又有一个开放的隐喻结构，就使全诗成为一个整体性的象征。

　　　　明妃初嫁与胡儿，毡车百辆皆胡姬。
　　　　含情欲语独无处，传与琵琶心自知。
　　　　黄金杆拨春风手，弹看飞鸿劝胡酒。
　　　　汉宫侍女暗垂泪，沙上行人却回首。
　　　　汉恩自浅胡恩深，人生乐在相知心。
　　　　可怜青冢已芜没，尚有哀弦留至今。

——《明妃曲二首》其二

　　第二首写明妃在异域的孤独和落寞，如法构建，生动明晰，"弹看飞鸿"和"沙上回首"等，传递的塞外气息十分真切，大约是因为诗人到过边境，感受过那种苍凉和广漠。引发历代争议的是"汉恩自浅胡恩深，人生乐在相知心"。此句道出了明妃的不满、无奈和悲剧性命运，也显示了王安石作为一个诗人睹物观情的位置：他不是一个以君王伦理为最高价值的封建士大夫，而是一个崇尚圣王之道的人——从道而不从君，在他的观念里，君臣如夫妇，是平等的，这在那个时代是石破天惊的，这样的声音势必遭到满脑子封建意识的人诟病。王安石去世四十多年后，靖康之乱，宋室南迁，朝野上下，许多人将这个天崩地裂的大事件归咎于新党，对新党的创立者的非议不断升级，《明妃曲二首》亦受到激烈批判。李壁《王荆公诗注》记载了南宋初期侍读学士范冲的一段评论："臣尝于言语文字之间，得安石之心，然不敢与人言。且如诗人多作《明妃曲》，以失身胡虏为无穷之恨，读之者至于悲怆感伤。安石为《明妃曲》则曰：'汉恩日浅胡自深，人生乐在相知心。'

然则刘豫（原为宋臣，后降金，受金册封为'大齐皇帝'）不是罪过，汉恩浅而虏恩深也。今之背君父之恩，投拜而为盗贼者，皆合于安石之意。此所谓坏天下人心术。孟子曰：'无君无父，是禽兽也。'以胡虏有恩，而遂忘君父，非禽兽而何？"这样的评论完全脱离诗的语境，带着党派偏见，已近于恶意诽谤，如此批评方法而正如孟子所批评的"以文害辞，以辞害志"，完全不顾及诗歌语言的特殊性。今天再来读王安石《明妃曲二首》，更可以读出作者的人道主义精神和独立人格，他是以一个人的同情心去理解昭君，而不是从君臣之道去看待，其伦理高度远非那些处在蒙昧中的封建士大夫所能比，也从某种意义上看出王安石当年改革的艰难和最终失败，并不是失败在改革本身，而是改革的阻力过于强大和执行改革的人的腐败，导致改革最终走偏并失败。

王安石的诗从个人出发——这个"个人"不是一个代言人，不是那个时代普遍带着对皇帝愚忠的蒙昧思想的封建士大夫，而是一个具有独立人格、"从道不从君"，具有民本思想和人道主义精神的伟大思想家和杰出行动者。他处理日常生活的能力、强烈的现实感，对人性和时代的深刻洞察，在那个时代甚至整个诗歌史上，都罕有匹敌者。其在艺术上摒弃了一切浮华之词，质朴、直接，即便以象征主义手法隐喻复杂内心，也有一种镜像的精确。对王安石来说，诗人不是一个角色，诗歌写作也不是职业，而是一种生活方式、一种"癖好"或"瘾"。诗是他的悲欢喜乐的一个容器，一个悟道的渠道，一扇精神生活的窗户。他的诗歌语言无限接近日常口语——尽管他喜欢用典，而事实上那些所谓典故，在他的时代，其实也是另一种"日常"，是烂熟于胸而在口头随时都能脱口而出的。拆掉格律的栅栏，我们不难发现王安石的写作观念和现代诗人，是非常接近的，除了他对传统的熟稔和他的古典世界观。

王安石晚年反复请辞，终得所愿，彻底厌倦了政治纷争，放下了，他的心境也为之一新。在《芙蓉堂》其二中，他写道："乞得胶胶扰扰身，五湖烟水替风尘。只将鸳雁同为侣，不与龟鱼做主人。"从胶胶扰扰，从风尘"乞得"（反复请辞终得神宗皇帝批准）一个"自由身"，从此离开权力纷争和政治诋毁，只和鸳雁为伴，不去做龟鱼的主人。"诗言志"在王安石晚年，"志"完全是一种心境，一种人生态度，而不再是"窥孟子""望韩公"的理想抱负。从《示元度·营居半山园作》中，我们仿佛看见一个历尽人世沧桑的老人回归自然和自由，并有着隐忍情感而又在理性上能够自我超越的智者形象，"老来厌世语，深卧塞门窦。赎鱼与之游，喂鸟见如旧。"不是经历怎样难以释怀的人生风浪，不能写出"老来厌世语"之句——不是"厌世"，而是厌倦了世间那些人的"非人"声音。"深卧塞门窦"何其决绝，却以平常语出之。帮鱼赎身——把它们从市场上买回来放生，心与之游；唯有喂鸟还能"见如故"，鸟比人更懂感恩——对王安石来说，一生有多少门生和他帮助过的人与他反目呢？看似一颗寂寞心，却仍然含着冷却的热烈。顾随说，"抱有一颗寂寞心，并不是事事寂寞，并不是不能写出富有热情的作品。……热闹过去到冷淡，热烈过去到冷静，才能写出热闹、热烈的作品。若认为一个大诗人抱有寂寞心，只能写出枯寂的作品，乃大错。如只能写出枯寂的作品，必非大诗人。如唐之孟东野，虽有寂寞心，然非大诗人。宋之陈后山抱有寂寞心，诗虽不似东野之枯寂，然亦不发皇，其亦非大诗人。"王安石如陶渊明，寂寞中仍然透着热烈，寂寞心乃有超越之视野。

晚年王安石潜心研读和注解佛典，与许多曾经因政见不合而反目的朋友重修旧好，心境也渐渐变得闲适和松弛。"平岸小桥千嶂抱，柔蓝一水萦花草。茅屋数间窗窈窕，尘不到，事事自有春风扫。午枕觉来闻语鸟，欹眠似听朝鸡早。忽忆故人今总老，贪梦好，茫然忘却邯郸道。"（《渔家傲二首》其二）以诗和自然对话，怡然游梦山水间，故人皆老，当下美好，何必再辗转"邯郸道"。"尘"谐音"臣"，臣不到，自有人去打理朝政。人说安石执拗、固执，此诗透出的豁达和开通，见出诗人性情的另一面，或许可以说，唯诗能如此准确地呈现一个人的活生生，一个人的内在真实。王安石晚年《书湖阴先生壁二首》其一最为人称道——"茅檐长扫净无苔，花木成畦手自栽。一水护田将绿绕，两山排闼送青来。"且不说属对工整，平静中隐现宏大气势，仍有一代风云人物的气度在。《汉书·西域传序》云："自敦煌西至盐泽，往往起亭，而轮台、渠犁，皆有田卒数百人，置使者校尉领护。""一水护田"，或胜于那数百田卒，人文和自然的无间融合，于此翻出新意。"排闼"则出自《汉书·樊哙传》："高帝尝病，恶见人，卧禁中，诏户者无得入群臣。哙乃排闼而入。"（"闼"，宫中小门。）樊哙是刘邦钟爱和信任的大将，且是连襟，因为这层关系，所以"哙乃排闼而入"就不难理解了，但刘邦死前忌惮樊哙的势力越来越大，派陈平去杀他。如此可以看出，"两山排闼送青来"是何等精妙，深沉的历史感，政治的凶险和大自然的美好，恰成对照，而且有着一种令人喜不自胜的阔大气势，背后却隐含对人性的深刻洞察，它比起杜甫"窗含西岭千秋雪，门泊东吴万里船"更见自然，而气势一点不输。

由此可见，拆掉格律的栅栏，我们完全可以和古典诗歌对话。百年新诗发展进程中反传统的声音可以休矣。事实上，每一个诗人如果不知道自己的来处，没有文化身份的认同，就很难弄清"我是谁"，尤其在当下东西方文化剧烈碰撞的时期。拒绝和传统对话，不建立文化自信，也很难不在西方现代主义的纷繁修辞中"乱花迷人眼"。中国当代诗人中有很多人深受西方浪漫主义和现代主义的影响，甚至迷信，深陷其中而不能自拔，实际上已经不知道自己的文本背后是一个什么样的人。诗歌写作的根本，也许在于写作坐标的定位、写作观念的确立。王安石作为一位封建时代的诗人，其清醒、独立和自觉，仍堪称当代诗人的榜样。

"诗言志"，"言"和"志"，形式和内容，或语言与存在，两者不是二元对立而是一枚硬币的一体两面，是过去和现在汇聚于当下，事实上两者是不可分割的。形式主义诗人总是重于语言和形式；"诗到语言为止"最终走向与语言传统本身割裂的口水化；而将文化和历史个人化的想象作为一种"寻根"的语言路径，理所当然需要反对，它脱离了语言本体，以语言的历史秩序或意义为本体，即便付诸解构，也很难不陷入另一种模糊不清的"上帝本体论"，或丧失语言的界限，实际上变成一种浪漫主义的自我张扬。我们从王安石的写作中，其实不难得到启迪。

2023 年 8 月 4 日

注：文中诗歌写作背景主要引自崔铭《王安石传》，特此致谢。

图书在版编目（CIP）数据

汉诗　·　从遥远的事物里醒来 / 张执浩主编. -- 武汉 ：
长江文艺出版社，2024.1
ISBN 978-7-5702-3475-2

Ⅰ. ①汉… Ⅱ. ①张… Ⅲ. ①诗集－中国－当代
Ⅳ. ①I227

中国国家版本馆 CIP 数据核字(2024)第 006041 号

汉诗·从遥远的事物里醒来
HANSHI · CONG YAOYUAN DE SHIWU LI XINGLAI

责任编辑：胡　璇　　　　　　　　　　责任校对：毛季慧
封面设计：祁泽娟　　　　　　　　　　责任印制：邱　莉　　王光兴

出版：长江出版传媒 | 长江文艺出版社
地址：武汉市雄楚大街 268 号　　　　邮编：430070
发行：长江文艺出版社
http://www.cjlap.com
印刷：武汉东赛印务有限公司

开本：720 毫米×1020 毫米　　　1/16　　印张：15.5
版次：2024 年 1 月第 1 版　　　　2024 年 1 月第 1 次印刷
行数：7217 行

定价：36.00 元